谷崎潤一郎

［日］谷崎润一郎 —— 著　林青华 —— 译

刺青

上海译文出版社

目 录

刺青 …………………………………… *1*

麒麟 …………………………………… *11*

少年 …………………………………… *27*

帮闲 …………………………………… *61*

恶魔 …………………………………… *79*

恶魔（续）…………………………… *101*

异端者的悲哀 ………………………… *141*

褴褛之光 ……………………………… *201*

刺　青

那是人们还有"愚"的高贵品德、社会不如今日般相互倾轧的时候。当时的社会颇悠闲，以至于靠茶档服务、奉承帮腔的帮闲这样的职业还能体面地存在，他们凭借伶牙俐齿，可让官老爷、少东家喜上眉梢，让官家女佣、花魁名妓笑声不断。女定九郎①、女自雷也②、女鸣神③——当时的戏也好、插画书籍也好，美者必强者，丑者必弱者。人人致力于美，结果是天赋的身子都拿来作画了。浓重或绚烂的色彩和线条，跃动在那时人们的肌肤上。

来往马道的商人爱选有漂亮刺青的轿夫。吉原、辰巳的女人也爱慕有美丽刺青的男子。赌徒、泥水匠不用说，巾民，甚至偶尔可见武士都文了身。在两国举办的刺青会上，参加者各自拍打着肌肤，彼此夸耀、评论新奇设计。

一位名叫清吉的刺青师傅手艺了得。他被誉为不下于浅草查理文、松岛町奴平、浑浑次郎等诸位名手。在他的画笔下，数十人的肌肤变成了光绫画绢。许多在刺青会上博得好评的图案出自他手。人称达摩金擅长晕刺，盛赞唐草权太为朱刺名手，而清吉则以构图奇警、线条妖艳闻名。

清吉仰慕过去丰国国贞的画风，本以浮世绘画师为业，尽管堕落为刺青师，仍保留着画工应有的良心和敏锐感觉。若非那人的皮肤和骨架子打动了他，就买不到他作刺青。即便难得地请动了他，一切构图和费用由他说了算，还必须得有一两个月忍受难耐的、针刺皮肉的痛苦。

在这位年轻的刺青师心里，潜藏着人所不知的快乐和宿愿。他针扎别人的肌肤时，一般人都难忍皮肉充血红肿的痛楚，发出难受的呻吟。那呻吟越是激烈，他越不可思议地感受到难以言喻的快乐。刺青之中，他特别爱运用人称尤其疼痛的朱刺、晕刺。平均一天扎上个五六百针、为上色更佳而入浴，这个人必定已气息奄奄，躺倒在清吉脚下动弹不得。清吉冷眼瞧着他们可怜的样子，开心地笑道：

"会很痛吧？"

如果有人意志不坚定，疼得快死似的龇牙咧嘴、惨叫不止，他就这样说：

"你也是个江户仔，忍耐一下吧。咱清吉的针就是特别疼的。"

他瞥一眼男人泪水模糊的脸，不为所动地继续扎针。另外，如果遇上了坚忍之人，神色淡定，眉头也不皱，他就会露出白齿笑道：

"噢，看不出你还挺能撑的。等着瞧吧，马上就会疼起来了，实在很难忍的哟。"

他多年的宿愿，是得一副美女光洁的皮肤，在上面刺入自己的

---

① 河竹默阿弥作、1865 年初演的歌舞伎《忠臣藏后日建前》的统称。
② 1820 年出版的插图读物《闻道女自雷也》的统称。
③ 改编自歌舞伎《鸣神》作品的统称。

灵魂。关于那女子的素质和容貌，他有种种要求。他实在不能满足仅仅是面孔漂亮、皮肤漂亮。全江户花街柳巷的女子，但凡有名气的他都了解过，找不到符合他品味的。他在心里描绘了梦中人的姿容，即便已经空等了三四年，仍不放弃这个愿望。

正好第四年夏天的一个傍晚，他走过深川的平清餐馆前时，突然看见门口等待的轿子帘子下方，露出一只雪白的女性裸足。在他敏锐的眼中，人的脚和其脸一样，有复杂的表情。那女子的脚，对他而言是珍贵的肉的宝玉。从拇指到小指，五指纤细玲珑；浅红的指甲，如同绘岛海滩捡获的贝壳；脚踵珠圆肉润，令人疑心时常用清冽的泉水濯足。这只脚不久之后就会由男人的鲜血滋养、在男人的尸骸上舞蹈。拥有这只脚的女子，就是他寻求多年未得的、女人中的女人。清吉抑制着激动的心情，尾随轿子之后，想看看这个人的脸，但走过两三条街，已不见其踪影。

清吉的向往之情变为渴慕之际，一年已经过去。第五年春天亦将过半的一天，他在深川佐贺町的寓所，正衔着牙签，打量斑竹外廊上的万年青花盆，院子的栅栏门传来进人的动静，从翼墙阴影里进来一个陌生的小丫头。

那是与清吉相熟的、辰已的艺伎派来送消息的人。

"姐姐要我把这件短外褂交给师傅，请师傅画图案……"

小丫头打开姜黄色的包袱皮，从中取出一封信和用岩井杜若的美人画包装纸包裹的女式短外褂。

信中郑重其事地拜托了短外褂的事，最后写道：送信的姑娘很快要作为我的师妹招待客人了，请不要忘记我，并多多给予她关照、鼓励。

"怪不得没见过你，那么，你是最近过来这边的？"

清吉说着，仔细打量着姑娘。小丫头年方十六七的样子，但那张脸极俏丽，仿佛已久历风尘，让数十个男人神魂颠倒。那可是全国万恶万财灌注的京城中，积数十年生生死死、无数俊男美女的幽梦凝结诞生的绝色。

"你去年六月前后，曾经从平清餐馆坐轿子回去是吧？"

清吉说着，请姑娘在外廊坐下，仔细打量她搁在榻榻米上的精巧裸足。

"哦，那时节的话，爸爸还活着，不时会去平清。"

姑娘笑着回答这个怪问题。

"我等了你前后正好五年。虽然见面是头一次，但我记得你的脚。我有东西给你看，上来好好玩玩再走吧。"

清吉拉过要告辞回去的姑娘的手，带她到临江的二楼铺席客厅，然后取出两卷卷轴，先将其中之一在姑娘跟前打开。

那是一幅描绘古代暴君纣王的宠妃妹喜的画。妹喜柔弱的躯体承受不了镶嵌琉璃珊瑚的金冠的重量，凭靠着勾栏，绫罗的裙裾拖拽至台阶中间；无论是她右手拿大酒杯、瞥视庭前受刑男子的风情，还是四肢被铁链绑在铜柱上的男子在她跟前低首闭目的神态，都刻画得栩栩如生。

姑娘看呆了好一会儿，不知不觉中眼睛发亮、双唇颤抖。奇特的是，她的脸渐渐近似起妹喜的脸来了。姑娘看出了其中隐藏的、真正的"自己"。

"这幅画反映出你的心呢。"

清吉开心地笑着，窥探姑娘的神色。

"你为什么让我看这么可怕的东西?"

姑娘抬起苍白的脸,说道。

"画中的女人就是你。这个女人的血留在你的身体内。"

清吉又打开了另一幅画。

画题是《肥料》。画面中央是一个年轻女子倚着樱花树干,注视着脚下重重交叠的男人尸骸。一群鸣啭的小鸟飞舞在女子身边,她眼神里难掩自豪欢快之色。那是战后的情景还是花园春色?姑娘眼看这一幅情景,一时似有所悟。

"这幅画表现你的将来。倒毙在这里的人,全是为你而舍弃生命。"

清吉说着,指一指画面里与姑娘的脸分毫不差的女子。

"请您修好积德,赶快收起那幅画吧!"

仿佛逃避诱惑似的,姑娘背向那幅画,趴在榻榻米上。不一会儿,她又颤抖双唇,说道:

"师傅,坦白说,我就像您所推测的,有这画中女子的天性。所以,请您饶恕我,把它拿开吧。"

"别说那么没劲的话,你不妨再仔细看看那画吧。你觉得害怕,也就是一阵子而已啦。"

清吉说着,脸上浮现一向的、坏坏的笑。

然而姑娘总是不抬头,她用衣袖掩着脸,趴着不起来,反复说:"师傅您让我走吧,在您身边我好害怕。"

"你等一等吧,我要让你变成姿色非凡的女人。"

清吉说着,轻轻走近姑娘。他怀里藏有一瓶得自兰医①的麻

---

① 江户时代学习荷兰医术的医生。

醉剂。

　　日头朗照的河面，八张席子大的客厅被照射得如同燃烧一般。水面反射的光线，在无邪地沉睡的姑娘脸上、拉门上映出金色波纹，微微荡漾。清吉关好门，手持刺青工具，好一会儿呆坐出神。他这才能够细细体味女人的妙相。他感觉与那张不动弹的脸相对，即便十年百年静坐这小室之中，也不会厌倦吧。就像古代孟斐斯民众以金字塔和斯芬克斯像装饰庄严的埃及天地一样，清吉要以自己的爱情，装扮清净的人的肌肤。

　　不一会儿，他将插在左手小指、无名指和拇指之间的画笔置于姑娘背上，在其上用右手扎针。年轻刺青师的心魂融入墨汁，渗入皮肤。刺入的一滴滴琉球朱掺了烧酒，点点滴滴是他的生命。他在其中看见了自己灵魂的颜色。

　　不知不觉日已过半，晴朗的春日渐已向晚，但清吉丝毫也不放松，女子的睡眠也依然安稳。姑娘的拎箱男子①担心她迟归，上门来接，清吉说"她早走了"，把他赶走了。月光照射在河对岸土州的屋顶上，沿岸人家的客厅光线梦幻般朦胧之时，刺青连一半都还未完成，清吉尽量挑亮烛心。

　　就算注入一点颜色，对他而言都不容易。每次扎针、出针，他都长出一口气，感觉扎在自己心上。针痕渐渐具备一只巨型女郎蜘蛛②的形象。又到了夜深天空初次泛白的时分，这只不可思议的魔性动物伸展了八条腿，盘踞在姑娘整个背部。

---

① 艺伎的跟班。
② 直译"络新妇"，此处保留日文汉字名称。

春夜在过往船只的橹声中放亮，鼓满晨风的白帆顶端，朝霞初露；到了中洲、箱崎、灵岸岛的家家户户屋瓦明晃晃之时，清吉渐渐停笔，端详刺入姑娘背部的蜘蛛的形状。这个刺青才是他的一切生命。工作完成了，他心里头也空落落。

两个人影静止了好一会儿。然后，低沉、沙哑的声音传来，听来连房间四壁都发颤。

"我为了让你成为真正的美女，在刺青里灌注了自己的灵魂。从今起，全日本都没有女人胜过你。你再不必像以往那样胆怯谨慎了。所有男人，都会成为你的肥料。"

也许是听了这番话吧，气若游丝的呻吟透出女子双唇。姑娘一点点恢复了知觉。她艰难的一呼一吸之间，蜘蛛长肢如同活着一样蠕动起来。

"难受吧？因为蜘蛛搂紧你了。"

姑娘听了，微微睁开茫然的双眼。那眼神渐增光辉，仿佛月色一样。慢慢明亮起来的目光，照射在男子脸上。

"师傅，快让我看看后背的刺青！得了您的心魂，我一定变美了吧。"

姑娘恍如梦中呢喃，但那口吻里隐藏着一种迫人的力量。

"噢，接下来到浴室上色。会难受吧，你得忍住。"

清吉凑近她耳旁，关照地细语道。

"只要能变美，多苦我都能忍。"

姑娘强忍着身体的痛楚，勉强微笑道。

"啊，泡热水好疼啊……师傅，我是死去活来，您丢下我，去二楼等着吧。我不要男人看见我这副惨相。"

姑娘也不去擦出了水的身子，使劲挡开清吉怜恤的手，痛倒在冲洗处的木板地上，一动不动。女子背后有一座镜台，上面映出两只雪白的脚掌。

女子的态度与昨日迥异，让清吉吃惊不小。但他听从了，独自在二楼等待。大约过了一个小时，女子收拾整齐，长发披肩上来了。她眉头舒展，丝毫没有痛楚的痕迹；她倚着栏杆，仰望朦胧的空中。

"这幅画连刺青一起送你，你带回去吧。"

清吉说着，把卷轴放在女子跟前。

"师傅，我已经丢掉了迄今的胆怯。您最先成我的肥料吧。"

女子尖锐的眸子灼灼有神。耳畔响起凯歌之声。

"走之前，让我再看一次那刺青。"

清吉说道。

女子默默点头，脱下衣裳。朝阳正好照射在刺青上，女子后背一片灿烂。

麒麟

凤兮，凤兮，何德之衰。

往者不可谏，来者犹可追。已而，已而。今之从政者殆而。

公元前四九三年。据左丘明、孟轲、司马迁等人记载，在鲁定公举行第十三年郊祭的春天，孔子由数名弟子伴随在车驾左右，从故乡鲁国踏上传道之途。

泗水河畔，芳草萌发，满眼青翠。尽管防山、尼丘五峰之巅雪已融化，挟带着沙漠的沙粒、像匈奴般的北风，仍然吹送着寒冬的残余。气昂昂的子路身着紫貂裘，走在一行人的前头。一脸沉思的颜渊，行止笃实的曾参，脚蹬麻履跟在其后。老老实实的御者樊迟手执缰绳，时而窥探车上的夫子的老态，为老师漂泊的身世而伤感落泪。

一日，这行人终于来到鲁国国境，每个人都依依惜别地回首故乡的方向，但来路已被龟山阻隔着看不见了。当其时，孔子抚琴，用苍老沙哑的声音唱道：

予欲望鲁兮，

龟山蔽之。

手无斧柯，

奈龟山何。

然后一行人又向北，再向北走了约三天，此时从广阔的原野上传来了无忧无虑的歌声。那是一位身上捆着鹿皮的老人，一边拾着田间遗下的麦穗，一边在唱歌。

"由，你觉得那歌如何？"孔子回顾子路，问道。

"那老人的歌里听不出老师歌里的那种哀怨。他就像小鸟飞过天空那样，以自由自在的声音在唱。"

"大概是吧。他正是从前的老子的门徒呢。他叫林类，已年满百岁了吧。每逢春来便到田间，每年如是唱着歌儿捡麦穗。你们去一个人和他谈谈吧。"

听孔子这么说，弟子之一的子贡跑到田边去迎老人，请教道：

"先生，您唱着歌，拾着麦穗，没有任何后悔之处么？"

然而，老人头也不回，专心致志地拾着麦穗，边歌边走。子贡仍跟在其后提问，老人过了一会儿才不唱了，上下打量子贡一番之后，说道：

"我有什么后悔的呢？"

"先生幼时不勤奋，长大了不珍惜时间，老而无妻，死期渐近，为什么还在快乐地拾麦穗、唱歌呢？"

老人哈哈大笑道："我得以快乐的东西世人皆有，而世人却反而以此为忧。我幼时不勤奋，长大了不珍惜时间，老而无妻，死期渐近,所以我才这么快乐。"

子贡复又问道:"人皆望长寿,悲老死,先生为何反能够乐于死呢?"

"生与死,乃一往一返。在此处死,则在彼处生。我明白营营而求生的困惑。我认为现在的死和从前的生是一回事。"

老人这样答道,又唱起了歌。子贡不明白此话的意思,便返回来告诉老师,孔子便说道:

"老人善谈,但我觉得他仍得道未尽。"

一行人又持续了好几天的旅程,涉过箕水河。夫子所戴的缁布冠布满灰尘,狐裘因日晒雨淋褪了色。

"从鲁国来了一个叫孔丘的圣人。他会教我们暴虐的国君和妃子贤政的吧。"

一入卫国都城,巷陌之人便对一行人指指点点,议论纷纷。这些人个个面容饥饿衰敝,家家四壁带着嗟叹愁苦的气氛。国家的艳丽鲜花为悦宫内妃嫔之目而移植,肥美猪豕为甘妃嫔之舌而宰杀,和暖的春日,徒然地照射着灰色、陈旧的街市。而就在都城中央的高地上,映出五彩霓虹的宫殿如喝足了血的猛兽般俯瞰着尸骸般的街市。在深宫里敲响的钟声,如猛兽咆哮般响彻四方。

"由,你怎么听那钟声?"孔子又问子路。

"那钟声异于老师上诉于天的无常调子,也异于林类听任天意的歌声,它透着赞扬逆天行乐的可怕意味。"

"或许是吧。那是从前卫襄公耗尽国中财力和劳力制造的、叫做林钟的东西。那钟鸣响时,在御林苑的树木之间回响,发出那样凄厉的声音。它还包含着暴政压迫下的人们的诅咒和泪水,发出那样可怕的声音。"孔子教导道。

卫灵公将云母屏风、玛瑙床榻搬到可以放眼辽阔国土的灵台栏杆旁,与着青云衣、垂下白霓裙裾的南子夫人一边对饮香气四溢的秬鬯①,一边眺望沉睡在云海之下的野山野岭之春。

"明媚的阳光如同泉水流遍天和地,为何我国民居里反看不见美丽的花朵、听不见悦耳的鸟鸣呢?"卫灵公不快地皱起了眉头说道。

"这是因为吾国之民太敬慕吾公之仁德和夫人之美貌,一有好花便尽数来献,移植到宫殿的花园里,举国的鸟儿都贪图这花香,聚集到花园周围来了。"

在国君身边的宦者雍渠答道。当时,孔子的车驾通过灵台之下,打破了陈旧的街市的宁静,车上的玉銮叮当作响。

"乘坐那车通过的人是谁呢?那个男子额似尧,目似舜,项似皋陶,肩似子产,腰以下不及禹约三寸。"

同样伺候于君侧的将军王孙贾吃惊地圆睁着两眼。

"不过,那男子一副悲戚的面容啊。将军,你见多识广,告诉我那男子从何处来。"南子夫人手指走过去了的车影,回首对将军说道。

"我年轻时游历遍及列国,但除了担任周的史官的老聃之外,还未曾见过像他那样相貌杰出的男子。他应当就是在故国不得志、

---

① 黑黍和郁金草混合制成的酒。

踏上传道之途的鲁国圣人孔子吧。那人有如牛的唇、如虎的掌、如龟的背,身长一丈九尺六寸,具备文王的身材。不会错的,他应当就是那个人。"

王孙贾解释道。

"那叫做孔子的圣人教人何种术数?"灵公喝下杯中的水,问将军道。

"圣人者,掌握世上所有知识的钥匙。不过,那个人是专向列国君主传授齐家、富国、平天下的为政之道的。"

将军再次解释道。

"我求世上的美色而得南子,聚四方财宝而造此宫殿。在此之上我希望称霸天下,拥有与此夫人和宫殿相称的威权。你想办法让那圣人来我这里,我希望他传授平天下之术。"

灵公窥视一下隔桌对坐的夫人的嘴唇。不知为何,灵公平时表达自己的想法时,不是用他自己的语言,而是从南子夫人嘴里说出来的语言。

"我想见见世上的奇人。如果那种威容的男子是真的圣人,他会告诉我许许多多不可思议的事情。"

夫人说着,抬起如梦如幻的视线,遥望着渐行渐远的车驾。

孔子一行人来到北宫前时,一位干练的官员在众多随从簇拥下,鞭打着屈产的马,空着右边车座,恭敬地迎接他们。

"我是奉灵公之命,前来迎接先生的仲叔圉。先生此前在传道途中发生的事,已传至列国。在漫长旅途上,先生的华盖已为风所破损,车轳发出混杂的声音。敬请换乘此新车,枉驾进宫,向我等之君传授治国安民之道。西圃之南沸腾的、水晶般的温泉可为先生洗尘。御园已结富含甜汁的香柚、甜橙和橘子，可润先生之喉。饲养场中有肥美的猪、熊、豹、牛、羊饱食而眠，可慰先生之舌。无论是两三个月，还是一年十月，敬请先生驻车本国，启我等愚昧之心，开我等之盲目。"

仲叔圉下车，殷勤地致辞问候。

"我所期望的，与其说是拥有庄严宫殿的王者之富，莫如倾慕三王之道的国君之诚。万乘之位尚且不如桀纣之奢，百里之国如施尧舜之政，未为狭小。灵公如确有志除天下之祸、图庶民之幸福，我的骨头即使埋入这个国家的黄土也不后悔。"孔子这样答道。

不久，一行人被引入深宫。他们黑乎乎的鞋履踏在纤尘不染的石板地上咯咯作响。

掺掺女手，
可以缝裳。

一行人在织室前经过，里面传出众多女官的歌声，以及响亮的织锦梭声。从棉花一样盛开的桃树荫下，传过来饲养场的牛懒散的哞叫声。

灵公听从贤人仲叔圉的主意，远离夫人及其他所有的女子，潄清浸淫欢乐之酒的嘴唇，正衣冠，将孔子请到一室，听取富国强兵王天下之道。

然而，圣人对于伤他人之国、害他人之命的战争之事不置一辞。对于榨取民脂、掠夺民财致富之事也没有辅佐之言。然后，他严肃地说，比起军事、产业，第一重要的是道德。又说明了以武力使列国屈服的霸者之道和以仁使天下驯服的王者之道的区别。

"如公真心倾慕王者之德，首先要克服私欲。"

这是圣人的劝诫。

自那天起，左右灵公心思的，不是夫人的话，而是圣人的话。朝上庙堂问政于孔子，夕临灵台向孔子学习天文四时之运行，也就不再夜归夫人睡房。织锦的织室梭声，也变成了学习六艺的官员的弓弦之声、马蹄之声、笙簧之声。一日，灵公早早便独自上灵台，眺望国中，但见山野小鸟鸣啭，民居鲜花盛开，百姓到田里边歌颂灵公之德，边事耕作。灵公的眼里流下了感激的热泪。

"你为何这样哭泣呢?"

此时突然传来说话的声音，一阵销魂的香气戏弄着灵公的鼻子。那是夫人南子口中所含鸡舌香，以及时常挂在衣服上的西域香料、玫瑰油的味儿。由忘却已久的美少妇的身体发出的香气的魔力，将锐爪无情地刺入了灵公玉石般的心里。

"请不要将你不可思议的眼神对着我的眸子，不要用你娇柔的双臂绕着我的身体。我从圣人那里学到了克服罪恶之道，但还不知道如何抵御美好事物的力量。"

灵公说着拂去夫人的手，背过脸去。

"哎呀，那个叫孔丘的男人，不知何时把你从臣妾手中夺去了。臣妾一直没有爱你，这是不奇怪的。但是，你没有法子不爱臣妾的呀。"

说着，南子已勃然大怒。夫人在嫁到卫国之前，已有一个情夫，是宋国的公子，叫宋朝。夫人的愤怒，与其说是失去了丈夫的爱，毋宁说是失去了支配丈夫的心的力量。

"我不是不爱你。从今天起，我就像丈夫爱妻子那样爱你吧。迄今我是像奴隶伺候主人那样、像人崇拜神那样爱着你的。奉献我的国家，奉献我的财富，奉献我的臣民，奉献我的生命——以此换取你的快乐，是我迄今的工作。然而，因为圣人指点，我明白了有比这更为宝贵的工作。迄今你的肉体之美，对我而言有至高无上之力。但是，圣人心灵的呼唤，比之你的肉体，给予我更为强大的力量。"

在说出这番毅然决然的话时，灵公不知不觉间抬起了头，端起了架子面对着发怒的夫人。

"您绝不是能违背臣妾意愿的强者。您真是个可怜的人。世上再没有比不拥有属于自己的力量的人更可怜的了。臣妾可以立即就将您从孔子的手上夺回来。您的嘴里刚刚说出了一番光明正大的话，可您的眼睛不是已经恍恍惚惚地望着我的脸了吗？臣妾有夺走一切男子灵魂的方法。臣妾这就去将那个叫做孔丘的圣人俘虏过来给您看看。"

夫人一边自信地微笑着，一边斜了灵公一眼，随着一阵衣褶的窸窣声，她离开了灵台。

此前一直保持平静的灵公，心里头有两股力在格斗。

"来我卫国的四方君子，无论所为何事，没有不要求拜谒夫人的。听闻圣人是重礼仪之人，为何不见露面呢？"

当宦者雍渠传达夫人的旨意时，谦让的圣人便无法违背她的意愿了。

孔子及一行弟子在南子的宫里伺候，北面稽首。面南的锦帷后面,隐约可见夫人的绣花鞋。夫人低头向一行人答礼时,颈饰和腕上的璎珞珠子相搏之声隐约可闻。

"访问我卫国、见过我的面容的每一个人,无不惊奇地说:'夫人额似妲妃、目似褒姒。'先生若是真正的圣人,请告诉我,自古时三皇五帝以来,世上有比我美丽的女子吗?"

夫人说着,拨开帷幕,笑意盈盈地招呼一行人到她的眼前。头戴凤冠、发插金钗玳瑁簪、身披鳞衣霓裳的南子,笑容有如阳光一般灿烂。

"我有听闻德行高尚者,却不知道美貌的人。"孔子说道。

于是南子又问:"我聚集了世上不可思议之物、珍稀之物,我的仓库里有大屈之金、垂棘之玉,我的花园里有偻句之龟、昆仑之鹤。可是,我还没有见过圣人降生时出现的麒麟。还有,据说在圣人前胸的七窍也没有见过。如果先生是真正的圣人,就让我看一下好吗?"

孔子一听,面色顿时严峻起来,庄重地说:"稀奇的东西、不可思议的东西我都不懂,我所学的,都是匹夫匹妇也懂得且必须懂得的东西。"

夫人的声调更加温柔了:"见过我的面容、听过我的声音的男人,愁眉苦脸总是顿时舒展开来的,先生为何永远是悲戚的面容呢?我觉得你这副悲容一点也不好看。我知道宋国有一个叫宋朝的年轻人,那男了虽然没有先生这样高雅的额头,却有春天般明媚的眸子。还有,我的近侍里有名叫雍渠的宦者,他虽然没有先生那样的庄严的声音,却有如春天鸟儿般轻灵的舌头。如果先生是真正的圣人,必须有与您丰富的心灵相应的、开朗的面容。我这就为先生的面容拂去愁云惨雾。"

夫人回头让左右近侍取来一个匣子。

"我有各种各样的香料。当苦恼着的心胸吸入了这种香气时，人就会一心一意地憧憬着美好的虚幻世界。"

话一说完，七名头戴金冠、腰系莲花带的女官捧着七个香炉，围绕在圣人身旁。

夫人打开香匣，将各种各样的香料一一投入香炉。七股凝重的烟顺着绣金帷幕静静升起。或黄或紫或白的檀香烟中，包含着南海海底数百年来的奇梦。十二种郁金香凝结着春霞所孕育的芳草精华。将大石口泽中居住的龙之涎水凝固成龙涎香的香气，交州所生密香树的根制成的沉香的香气，拥有将人的心灵诱往遥远、甜蜜的想象王国的力量。可是，圣人脸上依然愁眉深锁。

夫人和颜悦色地笑道："哎呀，先生的脸逐渐有了光彩啦。我有各种各样的酒和杯子。就像香气可使先生苦涩的灵魂吸入甜美的汁液一样，滴滴美酒，可给予先生严肃的身体以舒适、安乐。"

话音刚落，头戴银冠、腰系蒲桃带的七名女官恭恭敬敬地送上来各种各样的酒和酒杯。

夫人给每一个珍稀的杯子斟上酒，请一行人品尝。醇酒的美味产生奇妙的作用，令人对正常之事加以鄙视，对美顿生爱慕之心。碧瑶杯里的酒清澈透明，放着幽幽的绿光，恍如人间未可得尝的、带来上天欢乐的甘露。薄如纸片的青玉色自暖杯注入冷酒时，少顷即热气腾腾，连悲伤者的心肠也烧热了。用南海虾头制成的虾鱼头杯，伸出暴怒似的数尺红须，像浪花飞沫之玉似的镶金嵌银。然而，圣人的眉头皱得更厉害了。

夫人更加和蔼地笑道:"先生的脸是愈加光彩生辉了。我有各种鸟兽的肉。对于被香气清除烦恼、被酒力松弛了躯体的人来说,必须以丰富的食物抚慰口舌。"

话一说完,七名头戴珠冠、腰系菜梗带的女官将各种鸟兽的肉用盘子装着送上桌来。

夫人又一盘一盘地请一行人吃。肉食之中竟有玄豹之胎、丹穴之雏。昆山龙的肉干、封兽的腿肉。当人嘴里衔一片如此美味的肉片时,他的心里已无暇思考任何善恶了。可是,圣人仍未开颜。

夫人第三次显露出和颜悦色,说道:"哎呀,先生更加仪表堂堂,先生的脸更加美啦。嗅过那些幽妙之香,品过那些辛辣美酒,吃过那些味道浓厚的肉,这种人足以活在凡界梦想不到的、强悍美丽的荒唐世界,逃脱世上的忧愁苦闷。我现在就请先生看一看那个世界。"

夫人说完,回头望望近侍的宦者,指指门外正对面的一个帐幕背后,锦帷深褶下垂,由中央向左右两边分开。

帐幕对面是面向庭院的台阶。台阶下芳草青青萌发的地面上,在暖融融的春日照射下,或仰面朝天或俯伏地上,有跳跃有打斗的各种各样形姿的东西,不可尽数地摸爬滚打在一起,蠢蠢而动。有时成一大团,有时变一小堆,凄厉的喊叫和啼哭不绝于耳。有人如盛开的牡丹染红一片,有人如受伤的鸽子在打斗。那些人,一半是因为犯了本国严厉的法律,一半是因为刺激了夫人的眼睛,是一群被施了酷刑的罪犯。个个尢衣蔽体,人人体尢完肤。当中也有仅因谈及夫人的恶德,即被炮烙毁容、颈套长枷、贯穿双耳的男人。也有仅为惹动了灵公的心而导致夫人的嫉妒,被割鼻、刖足、系以铁锁的美女。对此光景看得出了神的南子的面容，有如诗人般美丽、哲人般严肃。

"我经常和灵公一起驱车经过本城的街道，街上如有令灵公含情注视的女子，我即下令把她抓来，让她落入那样的命运。我今天也想陪灵公和先生到市内走走。看见那些罪犯，先生也不至违背我的心思了吧。"

夫人的这些话里面，隐藏着逼人的威力。神色娴雅地吐出残酷的言辞，在夫人是一件平常事。

公元前四九三年春的某日，在黄河与淇水相夹的商墟之地、卫国国都的街道上，走着两辆马车。在两名女侍持扇分立两边，众多文官女官簇拥着的第一辆车子上，载着卫灵公、宦者雍渠和以妲己、褒姒之心为心的南子夫人。被数名弟子前后围绕、乘坐第二辆车子的是以尧舜之心为心的陬的乡下的圣人孔子。

"唉，看来他的圣人之德，尚不及那位夫人的暴虐。从今天起，那位夫人的话，又成为这个卫国的法律啦。"

"那位圣人神色多么悲怆呵。那位夫人样子多么高傲呵。不过，今天夫人显得前所未有地漂亮。"

横街小巷聚集的平民百姓仰望着队列通过，议论纷纷。

当天晚上，夫人特地化妆得更美丽，斜身躺在自己睡房的锦床上，一直等待到深夜，此时一阵小心翼翼的脚步声传来，有人笃笃地敲门。

"哎呀，你终于回来了。你可不能再这样长时间地逃离臣妾的怀抱了。"

夫人伸开两臂，长长的衣袖围裹住灵公。温柔的手臂在酒力的作用下，如同不能解开的绳索，捆住了灵公的身体。

"我憎恨你。你是个可怕的女人，你是让我灭亡的恶魔。可是，我无论如何也离不开你。"

灵公的声音在颤抖。夫人的眼里闪耀着邪恶的高傲。

翌晨，孔子一行又踏上了前往曹国的传道之途。

"吾未见好德如好色者也。"

这是圣人离开卫国时的最后一句话。

这句话记载在他的伟大书籍《论语》里，传至今日。

少 年

说来是大约二十年前的事了。我好不容易十来岁了,从蛎壳町二丁目的家到水天宫后的有马学校上学——那阵子人形町大道的天空朦朦胧胧,鳞次栉比的商家,深蓝色暖帘晒着暖洋洋的日头,我幼小的心感受着春天的欢快,就像做着无边无际的梦。

一个阳光明媚的日子,下午令人昏昏欲睡的课结束后,我用墨迹斑斑的手夹着算盘,正要迈出校门,有人喊着我的名字从后面赶来。

"萩原家荣哥儿!"

那孩子是同址同学堉信一。从入学到现在的四年级,他都有女佣伴读,片刻不离左右,是出了名的乖孩子。谁都说他是个胆小鬼、爱哭鬼,不跟他玩。

"有事吗?"

难得信一找我说话,我挺奇怪的,打量着那孩子和伴读女佣的脸。

"你今天来我家一块儿玩吧。我家院子里拜稻荷神君呢。"

信一带着求助似的神情,红绦带束起般的嘴里,怯生生说起话来。这个总是独自待着的孩子，为何说出这么令人意外的话呢？我有点着慌地呆立着，要从对方脸上看出个究竟似的，而这位平日被诋毁为"胆小鬼"、肆意欺负的孩子，这么着在跟前细看时，却令人感觉不愧是良家孩子，有其华丽高贵之处。丝织筒袖和服上，系博多①绸带，外罩黄八丈短外褂，印花布的白袜子，脚下是踏雪履；这身打扮配上他白皙的瓜子脸竟这么合衬，我一时看出了神，仿佛被其品味所打动。

"哎呀，萩原家哥儿，和我家少爷一起玩吧。其实今天是少爷家过节，因为少爷妈妈吩咐带一位又乖又好的朋友来家玩，所以我家少爷就邀请你啦。嗯，你过来吧，还是你不喜欢？"

听陪伴的女佣这样说，我心里挺得意，就煞有介事地说："那我先回家说一声，然后过去玩。"

"对呀。那我们陪你回家，由我向你妈妈说，然后我们一起走。"

"哦，不用了。我知道你们家，回头我自己就能去。"

"是吗？那我们等你啦。你跟家里说，回来时我会送你到家的，请不必担心。"

"噢噢，那就再见吧。"

我跟他们友好道别，信一挺有范儿的脸动也没动，只是大方地点点头而已。

一想到从今天起要跟那个很棒的小孩做好朋友，我不由得满心欢喜。我赶紧回家，以免让平日的玩伴假发店幸吉或者船家铁公给

---

① 亦名"博多献上"，源于博多藩主曾以之进献幕府。

缠住了。我用一套黄八丈绸便服换下平纹藏青布校服，边穿踏雪履边向里屋喊了一声："妈，我出去玩玩就回来。"然后就往墙家跑去。

在有马学校跟前笔直过中之桥，沿着滨町的冈田饭店围墙走，来到近中洲的河边大路上，这一带冷清闲静。新大桥桥旁边近前右侧，曾有著名的丸子店和薄脆饼干店，现在已经没有了；那时它斜对面拐角的长长围墙围绕的、有肃穆铁栅栏大门的房子，就是墙家。从门前走过的话，可以透过宅内植物枝叶的隙间，看见博风型日本式房舍的瓦面闪耀着银灰色光辉，后方的西洋式房舍的红砖则隐约可见。实在是有钱人家居住的优雅风格。

这天看来确有节庆活动，热闹的伴奏大鼓声传出围墙外，横町的后栅栏门打开了，好多居住在周围的穷人家孩子络绎不绝地从这个门进入院内。我曾想过去大门口的门卫小屋，请门卫找信一过来，但又莫名地胆怯，便跟着这些孩子穿过后栅栏门，进入大院。

宅子真大呀，我心想，站在葫芦形水池边的草地上，环顾宽阔的庭院。院子的流水仿佛周延三幅连续的大作《千代田的大奥》，假山、石灯笼、瓷鹤、洗石等等，放置得恰到好处。一块大伽蓝石和几块小飞石的组合延伸到远处，远远看见对面有宫殿般的酒席。我心想，信一在那边吧。随即又觉得今天见不上面了。

许多孩子在毯子般的青草地上走动，在晴朗、温暖的日光下玩耍。仔细一看，从装饰得漂漂亮亮的院子一角的稻荷神祠到后门口，每隔差不多两米，就挂一个有诙谐语的灯笼；各处设有摊子，提供甜酒呀、关东煮呀、年糕豆沙汤之类。助兴的舞蹈表演和摔跤周围聚集了黑压压的人群。我兴冲冲而来，此时落了空，不由得失落起来，漫无目的地闲逛。

"小哥，来喝甜酒呀，不要钱的！"

我来到甜酒摊跟前时，用了红色带子束袖的女佣笑着招呼我，但我绷着脸走了过去。不一会儿，我来到关东煮的摊位前，一个光头老伯又招呼道：

"小哥，过来吃关东煮吧，没钱也可以吃的。"

"不要、不要！"

我沮丧地嚷着，正要死了心、从后门走掉时，一个身披工衣、带着酒气的汉子走过来，说道：

"小哥，你还没领点心吧？要走的话，拿了点心回家吧。来，拿这个去那边宴席的大婶那儿，她就会给点心。赶紧去领了吧。"

他说着，递过一张染得通红的点心券。我顿时心中一阵凄凉，但心想过去宴席那边或许能见到信一，便照他说的，接过点心券，又走回院子里。

还好没多久，陪读的女佣就找到我了：

"哥儿，你来得太好啦。早就等着你啦。请过来这边，可不能在这些野孩子里玩。"

她亲切地拉着我的手，我不禁热泪盈眶，一时说不出话来。

大宴席台突出到院子里，台边差不多一个小孩高。我们沿着台边绕到后面，来到一栋胡枝子篱笆墙环绕的小屋前面。

"少爷，你朋友到啦！"

女佣从青桐树丛发声喊。拉门后传来吧嗒吧嗒的短促脚步声。

"上这儿来！"

随着一声尖而亮的喊声，信一向外廊冲过来。我仰望着一身盛装、光彩夺目的朋友，几乎认不出他。我心里觉得不可思议：这个怯懦的小孩，按他哪个穴道才能发出这么有劲的声音呢？他上身黑纺绸小袖装带徽和服，配羽织和服裙裤，站在洒满阳光的外廊上，身上生经熟纬的黑丝绸料子闪闪发亮如同银沙。

朋友牵着我的手，领我到一个八席大小的、整洁的小客厅。客厅里飘荡着糕饼盒子底部的那种甜香味儿，摆放着两个松软的八反①坐垫，像在等待客人。女佣把茶水点心、盛了饭菜的高脚朱漆碗等都端了上来，说道：

"少爷，妈妈吩咐了，你要好好招待朋友吃饭。……还有，今天吃了好饭好菜，就别太淘气了，乖乖地玩啊。"

女佣招呼拘谨的我吃饭和金团②，然后退下。

这是一间采光好、安静的房间。拉门的纸红彤彤仿佛在燃烧，外廊边的红梅投影在上面，遥远的院子那一头传来咚咚的鼓声，夹杂着孩子们的喧哗。我仿佛来到了一个不可思议的角度。

"阿信，你经常在这个客厅里吗？"

"不。这里其实是姐姐的地方。到处都有她的各种玩具，给你瞧瞧吧。"

信一说着，从地柜里取出奈良人偶猩猩、服饰人偶老翁老妪③、西京微型偶人④、伏见泥人⑤、伊豆藏人偶等等，在身边摆成一圈，真是琳琅满目。又把各色男女的人头偶⑥插满约两张席子的

---

① 仙台产的上等丝织物。
② 日本的一种点心。
③ 日本谣曲《高砂》里出场的老翁和老妪，今多画成人物画和做成玩偶。
④ 日本江户时代流行一种高约三厘米的木雕玩偶。
⑤ 出产于日本京都伏见稻荷附近的泥人，以模仿布袋（七福神之一，形似弥勒佛）、天神、狐狸等吉祥物为主。
⑥ 泥做的头部变硬、上色之后，插在竹签上的偶人。

席眼来玩。我们二人趴在蒲团上，打量这些精致人偶或长须或瞪眼的神态，想象他们居住的世界。

"这里还有好多故事小册子①呢。"

信一说着，又从壁橱拖出堆得满满的、都是半四郎或菊之丞美人头像的草双纸，给我看各种各样的图画书。木版印刷的美浓纸封面，色彩花哨，过了不知有几十年，依旧艳丽、带着油墨香。一打开，带霉味的绚丽纸面上，从眉眼直至手足，栩栩如生地展现了旧幕时代俊男美女的风姿。忽而是在类似这个客厅的豪宅后院，千金公主和众多侍婢一起捕萤；忽而是在荒凉的桥畔，深笠遮脸的武士砍下了狗腿子的首级，从尸骸怀中搜出书信，借着月光阅读。接下来，穿成一身黑的蒙面歹人藏身女官房中，从被子上往熟睡的香菇发式女子的咽喉扎刀。又在某个地方，灯笼光影晦暗的房间里，一名身穿睡袍、打扮浓艳的女子，嘴里衔着滴血的剃刀，打量着摊开双手倒毙于脚下的男子，嘴里骂声："活该！"信一和我最感兴趣的怪异杀人场景，是一些不可思议的画面，诸如眼球突出到体外的死人面孔、被腰斩却仅以腰以下站立的人、漆黑的血痕形成了云彩般的斑纹。我们正沉迷于图画书中，一名十三四岁、身穿友禅振袖的女孩子打开拉门冲进来，嚷嚷道：

"哼！阿信又乱翻人家的东西了！"

她额头不宽，眼角嘴角颇显威严；一脸孩子气的怒气，站在那里火辣辣地瞪着弟弟和我。信一猛一哆嗦，我以为他吓坏了，却意外地听他说道：

---

① 即后文提到的"草双纸"，是江户时代流行的通俗插图读物，每页有图画和图解文字。

"你说什么呀！我才没有乱翻呢。不就是给朋友看看嘛。"

信一简直是不予理睬，脸也不朝姐姐那边，手上翻着书页。

"你就是会捣乱！跟你说过不能动的！"

姐姐冲过来，要抢信一手上的书，但信一就是不松手。两个人拉扯着，装订处眼看要裂开。他们互瞪了一会儿，信一突然把书一砸，嚷道："姐姐小气鬼！我才不借你的书看！"

他随手捡起奈良人偶往姐姐脸上扔，但没有打中，打在壁龛上。

"瞧，又淘气了不是？你又想打我啊。好吧，要打你尽管打吧。前些时候就是你干的——瞧！这乌青还没消呢。我要向爸爸投诉，让他看看，你记住好了！"

姐姐含着泪恨恨说道，拉起绉绸衣裾，让我看白皙的右小腿上的乌青。正好从膝头附近到小腿肚处，血管青青可见的薄嫩肌肤上，隐约有一片乌紫的斑点，很是可怜。

"你爱怎么说怎么说。小气鬼、小气鬼！"

信一用脚把人偶胡乱踢倒，拉着我飞跑出门：

"我们去院子里玩！"

"姐姐会不会哭了？"

出了门，我觉得姐姐挺伤心、挺可怜的，问道。

"管她哭不哭。我们每天都争吵，把她弄哭。说是姐姐，她是小妾生的嘛。"

信一得意洋洋地说着，在西洋馆和日式房子之间、高大的榉树和朴树下溜达。这里繁茂的老树枝桠众多，遮天蔽日；湿漉漉的地面长满青苔，侵人的寒气似乎从领口钻进来。有一处分不清是池是沼的浑浊水塘,也许是旧井台吧,水草像铜绿般漂浮着。我们二人在水边坐下,伸长双腿,嗅着湿润的泥土气味。这时,不知从哪儿传来幽幽的、微妙的音乐。

"什么声音?"

我问道,侧耳倾听。

"那是姐姐在练习钢琴。"

"'钢琴'是什么?"

"说是像管风琴的东西——姐姐那么说的。一个女洋人每天来那栋西洋馆,教姐姐弹钢琴。"

信一说着,指指西洋馆的二楼。从悬挂肉色布帘的窗内,不断传来不可思议的声响。……有时像森林深处妖魔的狞笑,有时像童话中的侏儒在集体舞蹈。这些不可思议的声响,令人疑心是在这个旧水塘底奏出的,以成千上万的想象丝线,为少年头脑编织微妙的梦幻。

"少爷,我们三个人一起玩吧?"

突然,有人从后面跑来,这样说道。此人是同在有马学校、高我们一两个年级的学生,我虽然不知道他的名字,但因为他天天欺负低年级同学,是有名的孩子王,所以模样记得很清楚。这家伙怎么来到这种地方呢?我觉得奇怪,不作声地看着。那孩子被信一"仙吉仙吉"地直呼其名,却"少爷少爷"地讨好信一。事后听说,仙吉是塙家马夫的孩子,当时,我不由得以看马戏团美女驱使猛兽的目光来看待信一了。

"那就三个人玩小偷游戏吧。我跟阿荣做警察,你是小偷。"

"我当小偷也行,可不兴前些时候那么乱来啦。少爷又是拿绳子捆绑，又是抹口水鼻涕的。"

我听了这番对答，越发惊讶。实在无法想象乖女孩似的信一，会把大笨熊似的仙吉捆绑起来肆意折磨。

不一会儿，信一和我做了警察，穿行在池沼和林木之间，追逐盗贼仙吉。尽管我们是两个人，但对方年龄大，很难抓住。我们好不容易才把他围在西洋馆后面一个墙角的杂物小屋里。

我们彼此悄悄示意着，屏住气息，蹑手蹑脚进入小屋。然而，不知仙吉躲在哪里，不见他的踪影。而晦暗的小屋里，弥漫着米糠酱、酱油瓮之类的陈腐气味，挺呛人的。潮虫四处乱窜，屋角挂满蜘蛛网，瓮之间也满布蜘蛛丝。这番情景似乎催动少年大胆胡闹起来。这时，不知何处传来了嘻嘻的忍不住笑的声音。未几，吊在屋梁上的大箩筐①嘎吱作响，随着"哇！"一声喊，仙吉的脸露了出来。

"喂，快下来！你不下来可要倒霉了！"

信一在底下喝斥道，跟我一起用扫帚去捅仙吉的脸。

"你们来吧！谁要是靠近，我就要撒尿啦！"

因仙吉要从大箩筐上射尿，信一便绕到大箩筐底下，随手抄起竹竿，透过箩筐的网眼乱捅仙吉的屁股、脚底板。

"嘿，你还敢不下来么？"

"哎哟，好疼！哎哟，好疼！我下来了，别捅啦。"

仙吉一边叫喊告饶，一边忍痛下来了。信一揪住他前襟，开始随性审问起来：

---

① 从前火灾时装运家财转移的大筐。

"你在哪里、偷了什么东西?从实招来!"

仙吉信口瞎扯,什么在白木屋百货店偷了五匹布料啦,在伊势屋老铺偷了鲣鱼干啦,在日本银行骗了钱啦,等等。

"哼,好啊,你这厚颜无耻的家伙!还干了坏事吧?杀了人吧?"

"正是。我在熊谷土堤杀了做按摩的盲人,偷走了五十两银子的钱包。然后,我用这些钱逛了吉原妓院。"

这些应是看街边大戏或者看拉洋片听来的说法,实在是天衣无缝的对答。

"除此之外你还杀了别人吧?好啊,好啊,你竟然不招!你再不说,我就上刑了!"

"饶了我吧,我只做了这些啊。"

仙吉双手合十恳求,信一充耳不闻,迅速解下他系的、有点脏的浅黄色薄呢兵儿带①,把他双手反绑,用剩余的带子把双脚脚踝也灵巧地绑牢了。之后,信一或揪仙吉头发,或拧脸蛋,或把红眼睑外翻使之翻白眼,或打耳光扇脸颊,信一粉嫩的手指就像戏里的孩子或稚妓的手,狡诈地动作起来,将仙吉黑粗丑肥的脸上的胖肉弄得像一块橡皮泥,一会儿伸一会儿缩,怪趣得很。连这些都玩腻了,信一便嚷嚷道:

"你等着你等着,你这个罪犯,得额头上刺字!"

他从屋里的碳袋里取出佐仓碳,往上面吐了唾沫,开始往仙吉额头上擦。仙吉被折腾得够呛,整张脸都走了形,怪模怪样地抽泣

---

① 男人或小孩系的整幅腰带。

着。到后来，他实在挺不住了，任由对方所为。我看着平日里在学校横行霸道的孩子王被信一收拾得人不人、鬼不鬼，感到迄今都没经历过的快意，但担心第二天回校被他报复，所以无心跟信一一起淘气。

过了一会儿，信一解开带子，仙吉恨恨地斜瞪着信一的脸，无力地趴伏着，说什么也不动弹。信一抓住他的手腕要扯他起来，他随即又趴下。我们二人都有点担心，默默站着窥探他的情况。信一说：

"喂，你怎么啦？"

信一使劲扳他的后脖颈，把他仰脸翻过来，仙吉不知不觉中已用筒袖擦拭了假哭弄脏的脸，半干净的脸怪怪的，三个人相视大笑起来：

"哇！哈哈哈！"

"这回我们玩玩外面事情的游戏吧。"

"少爷，可不兴再动粗啦。你瞧，还有这么深的捆绑印子呢。"

我一看，仙吉手腕上留下了红红的捆绑痕迹。

"我来做狼，你们两个做旅客。到最后，你们两个都被咬死啦。"

信一又提出这种事，我不大情愿，但仙吉响应道"来玩吧"，我不答应也不行。我和仙吉就当做旅客，这间杂物屋当做佛堂，我们来到这"佛堂"借宿，到了夜深时分，信一这只"狼"袭来，在门外嚎叫起来。最终"狼"咬破门，趴伏在佛堂中间，发出既像狗又像牛的稀奇咆哮声，追扑奔逃的两名旅客。因为信一十分投入，我不知被抓住了会怎样，心里有些害怕，嘴边挂着些许不安的笑容，拼了命往稻草包上面或草帘子后面躲。

"喂，仙吉！你被咬住了腿，跑不动啦！"

"狼"将一名旅客逼到佛堂一角，扑到他身上乱咬一通。仙吉像演员一样做出痛苦的表情，瞪眼咧嘴，左右挣扎，最后被咬断咽喉，发出一声临终的哀鸣，手足颤抖着往空中划拉几下，倒地不动了。

好了，这下该我了。我这样一想，心中忐忑，赶紧跳上木桶，但被"狼"咬住了衣裾，拼命往下拉。我脸色苍白，紧紧抱着木桶，但被"狼"的气势汹汹吓住了，绝望地想："逃不掉了！"随即被拉了下来，拖到土里，仰脸反过来。信一猛扑上前，咬断了喉咙。

"好啦，你们两个都是死尸了，所以不论我干什么，都不可以动哦！我接下来要连骨头都啃掉了！"

信一这么一说，我们二人便在土里躺成一个"大"字，一动不动。我突然觉得身上各处痒痒起来，冷风从衣裾敞开处吹进来，另一方面又感到伸开去的右手中指尖轻轻触到了仙吉的头发。

"这家伙胖胖的、味道好，先吃他！"

信一开开心心地趴在仙吉身上。

"可不能太折腾人哦。"

仙吉微睁开眼，小声恳求道。

"不会太折腾，不许动弹。"

信一发出狼吞虎咽的声音，从头顶到脸颊，从上身到下身，从两手到两脚"大口吞噬"，带着泥土的平底草鞋子在仙吉头脸、身上随意乱踩，于是仙吉又成了"泥人"。

"好！现在吃屁股肉！"

信一将仙吉弄成趴伏状，掀起他的衣裾，一下子将腰以下暴露，呈现蘑头般的两瓣屁股。信一将扯起的衣裾蒙在"尸体"头上，骑上仙吉后背，又"狼吞虎咽"起来，而仙吉无论他干什么，都一动不动地忍受。看来是寒冷吧，起鸡皮疙瘩的屁股蛋像魔芋般颤抖。

我马上也是这个下场。这么一想，我暗地里心跳加速。莫非要跟仙吉一样遭作践么？不一会儿，信一坐在我胸脯上，先从鼻尖开始咬嚼起来。我耳边响起甲斐绸短外褂的衣里摩擦的窸窣声，鼻孔嗅着衣物散发的樟脑香气，脸颊被纺绸衣料轻抚，胸腹则感受着信一微暖的身体的重量。温润的唇和滑溜的舌尖让人发痒的舔舐感觉奇特，打消了我害怕的念头，魅惑地征服了我的心，最终竟觉得愉快。突然，我从左鬓到右颊被猛烈踩踏，鼻子和嘴唇跟鞋底泥土相摩擦，但我竟连这样都感到愉快。不知不觉中，我整个身心都为成为信一的傀儡而欢喜了。

不久，我也被弄成趴伏状，扒开衣裾，从腰部以下被狼吞虎咽了。信一哈哈笑，饶有趣味地看着两具光屁股"尸骸"摆在土里的模样。就在此时，刚才的女佣突然出现在小屋门口，我和仙古大吃一惊，从地上爬起来。

"咦，少爷在这里啊。玩什么要这样作践衣物呀？怎么就喜欢在这种肮脏地方玩呢？阿仙，是你不好！真是的。"

女佣气势汹汹地瞪着眼睛说道，意味深长地打量着满脸鞋底印子的仙吉。我也忍着脸上被踩踏的火辣辣感觉，做了大坏事似的呆立着。

"洗澡水都烧好了，不洗好了回家，妈妈得说你了。萩原家哥儿也是下次再来吧。已经挺晚了，我送你回家吧。"

女佣只对我和颜悦色，我谢绝了，说"我能自己回家，不用送"。

我对送到大门口的三人说声"再见啦"，就出门儿去了。不知不觉间，大街已笼罩在蓝色的夕霭之中，河岸大道上灯光闪烁。我感觉像从极不可思议的国度突然回归人海中似的，一边如梦如幻地回想着今天发生的事情，一边走回家。信一高雅美丽的容貌，肆无忌惮的行为举止，一整天都占据着我的心。

第二天上学一看，昨日被那般作践的仙吉，仍旧是个孩子王，欺负弱小同学。信一又像以往那样蔫头耷脑，和女佣一起瑟缩在运动场一角，好可怜。

"阿信，来玩个什么游戏吧？"

即便我偶尔过去搭话，他也只是皱着眉头、闷闷地摇头而已。

过了四五天之后的某日，放学时信一的女佣又叫住我，邀约道：

"今天小姐过偶人节，你过来玩吧。"

那天我向门卫鞠一躬，从大门旁的出入口进入塙家。出入口的格栅门一打开，仙吉随即跳出来，领我到与走廊相连的夹层里十席大的房间。信一和姐姐光子正躺卧在阶梯式偶人坛前，嚼着糖炒豆子。他们见我们二人走进来，随即嘻嘻笑，这副模样似又在谋划淘气怪招，所以仙吉心中惴惴地望着姐弟俩。

在铺了红呢绒的那层偶人坛上，矗立着浅草观音堂似的紫宸殿屋顶；大内的人和五人杂子①的女官排列殿中；在左近之樱、右近

---

① 分别模仿地谣伴唱、吹笛子、敲小鼓、敲大鼓、敲太鼓五个角色的偶人。

之橘下面，三名喝醉的仆人正在温酒。比它低一层的偶人坛上，和之前姐姐房间的种种偶人一起，装饰着烛台呀、御膳呀、染黑牙齿的工具呀等金色蔓藤装饰的漆器日常用品。

我站在偶人坛前正看呆了，信一从后面悄悄走过来，附耳悄声说：

"现在咱们用白酒把仙吉灌醉吧。"

他随即吧嗒吧嗒跑去仙吉那边，若无其事地说：

"哎，仙吉，我们四个人来喝酒取乐吧！"

四人围成一圈，以糖炒豆子作下酒菜，喝起酒来。

"嗬，这可是好酒哇！"

仙吉一边学大人的口气吆喝，逗笑大家，一边手把猪口杯不松手，用喝茶的大碗咕嘟咕嘟灌白酒。我想仙吉该已大醉了吧，自己却感觉不大对劲。姐姐光子时不时忍俊不禁地捧腹大笑。到了仙吉烂醉之时，逗他的人也都变得有些怪诞了。我觉得下腹部热酒沸腾，额上两边太阳穴汗津津的，整个脑袋奇特地麻痹了，感觉榻榻米像船底舱一样上下左右摇晃起来。

"少爷，我醉啦。可大家也都脸卜通红呢。站起来走走看吧？"

仙吉站起来，伸开两手，在客厅里走起来，但随即脚下一趔趄几乎倒下，脑袋撞在壁龛装饰柱上，惹得三人大笑：

"瞧这家伙！瞧这家伙！"

仙吉本人疼得龇牙咧嘴，他摩挲着脑袋，哼哼着，不好意思地笑了。

不一会儿，三个人都模仿仙吉站起来走，但一走就倒，倒下就大笑，借势嘻嘻哈哈闹腾起来。

"嗨！好爽哇。老子喝醉了，混账东西！"

仙吉掖起底襟，端起个好汉架势，学老师傅的样子踱步。信一和我，最后连光子也都学他掖起底襟，端起好汉架势，正如戏里著名的女装盗匪吉三①的样子，嚷嚷着"混蛋、老子醉了"，在屋子里摇摇晃晃地踱步、喧哗。

"哎，少爷，我们来玩狐狸游戏吧？"

仙吉突然想起了有趣事情似的说道。玩法大致是我和仙吉两个农夫去打狐狸，却反被化身为女子的光子狐狸迷惑了。二人正吃尽苦头之时，武士信一路过这里，救出二人，降服了狐狸。仍醉醺醺的三人马上叫好，演起戏来了。

首先，仙吉和我缠头巾、掖衣襟，挥动手中掸子，一边出场一边说："这一带有狐狸出没，作恶多端，今天可要好好降服它！"

光子扮的狐狸对面登场，往二人肩头一拍，说："哎哎，跟我走，请二位美餐一顿！"

我和仙吉随即被光子迷惑了，眼睛半闭，痴迷迷地说："哟哟，真是个大美人啊！"

"你们俩中招啦，把大粪当成美食吃掉！"

光子乐不可支地笑着，将自己嘴里嚼烂的裹豆沙年糕呀、用脚踩坏的荞麦包子呀、用鼻涕粘成团的糖炒豆子等，脏兮兮地堆在碟子上，摆在我们面前；又往白酒里面吐几口痰和唾沫，递给我们说：

"这个算是小便当成酒啦。来吧，二位尝尝！"

"呵呵，好吃、好吃！"

---

① 河竹默阿弥的歌舞伎《三人吉三初买》中登场的女装盗匪。

我跟仙吉吃得唧唧有声，很享受地将食物一扫而光。白酒和糖炒豆子都有一股怪怪的咸味。

"我来弹三味线，你们两个头顶碟子跳舞吧。"

光子把掸子当三味线，"咿呀呀"地开始唱起来。我们二人头顶着点心碟子，"嘿哟、嘿嘿哟"踏着拍子舞蹈起来。

此时信一登场，他一眼看穿了狐狸的真身。

"禽兽竟敢愚弄人类，太不像话了！我要降妖除害！"

"哼，阿信你要是乱来我可不答应！"

好胜的光子不服输地和信一缠斗起来，显露出她的野丫头本性，顽固地不肯投降。

"仙吉，把你的带子借我，我要捆起这狐狸！你们俩按着她的腿，别让她乱动！"

我想起以前看过的草双纸插图读物，说的是年轻武士旗本和手下仆役合力抢夺美人的故事；我和仙吉一起，紧紧抱定友禅绉绸衣裾下的光子的两条腿。这中间，信一好不容易将光子双手反绑起来，最终缚在走廊栏杆上。

"阿荣，把她带子解下，来一个堵口绑！"

"好哇，来啦。"

我麻利地绕到光子身后，解下她姜黄色绉绸的和服带，小心不碰散她的唐人髻，伸手到她长长的脖颈后，从油油的发包儿下过耳垂，绕嘴巴两圈后使劲勒紧。绉绸带子一下子勒进她鼓胀的脸颊，光子就像金阁寺的雪姬[①]一样，难受地挣扎起来。

[①] 出自歌舞伎《祗园祭礼信仰记》，画师的孙女雪姬被人暗恋，因不从而被捆绑于樱树。

"好啊，这回我要倒过来，实施脏弹攻击！"

信一随手拿起饼子嚼几口，"呸、呸"地往光子脸上吐去，眼看着雪姬般的花容，转眼就变成患麻风或者梅毒的模样，惨不忍睹，怪有趣的。我和仙吉终于也被带动起来，嚷嚷着"畜生，叫你刚才让我们吃脏东西"，也跟着信一"呸呸"起来了。等这个劲头缓下来，光子已是满头满脸抹遍了嚼碎的饼子；我们又拿来裹豆沙年糕搓、豆馅团子皮涂擦，眨眼间光子的脸没有一处不脏兮兮的了。一个黑乎乎、分不清眼睛鼻子的平脸怪物梳一个唐人髻，穿一身浓艳的未婚女子长礼服，总之仿佛是从百物语①或者妖怪大战故事中走出来的。光子也没劲抗争了，任人怎么折腾都死了似的一动不动。

"现在我饶你一命，以后再假扮人，我就杀了你！"

信一解开了堵口绑并松绑，这时光子猛地站起来，冲出拉门外，吧嗒吧嗒逃到廊外去了。

"少爷，小姐生气了，去告状呢。"

仙吉和我面面相觑，闯下大祸似的说道。

"我才不怕她告状哩，女孩子还偏横，我天天吵她、欺负她的。"

信一得意洋洋，满不在乎。这时，拉门悄悄打开了，光子把脸洗净回来了。看来包子馅连脸上白粉一起洗掉了，却反而比之前更皎洁，润泽的肌肤透明般晶莹。

我心想又得来一番争斗了吧，却听光子说：

---

① 夜间点灯轮流讲鬼怪故事的游戏，亦指所讲的鬼怪故事。

"让人看见了挺难为情的,我悄悄去洗澡间洗干净了回来的。你们都这么粗鲁可不行!"

她只是和气地发牢骚,而且脸上还笑嘻嘻的。

于是,信一趁势提出:

"这回我做人,你们三个做小狗吧?我丢点心什么的,你们就趴着吃掉。哎,好玩吧?"

"好哇好哇,来吧!嘿,我变成小狗啦。汪、汪、汪!"

仙吉一下子就四脚着地,在屋子里乱窜。我也跟在他后面跑开了。光子想了想,说:"我是母狗!"

她也加入了我们中间,四处乱窜起来。

"来呀,小狗们,马上给吃的!马上给吃的!"

等三人都表演一番之后,信一一声"给啦",三人都争先恐后地扑向丢点心的方向。

"等一下、等一下,有好主意啦。"

信一说着,出门而去。不一会儿,他牵着两条真的哈巴狗来了,小狗穿着红绸棉坎肩。他让小狗加入我们中间,朝榻榻米抛撒咬了一口的裹豆沙年糕啦、涂抹了鼻涕唾沫的包子啦之类的点心。"小狗们"和哈巴狗便争先恐后扑向食物,龇牙咧嘴争吃同一块点心,不时还舔到对方鼻尖。

吃完了点心的哈巴狗大舔信一手指头和脚底板。我们三人也不服输地模仿起来。

"哎哟!痒痒,好痒痒!"

信一在栏杆上坐下,把白皙柔软的脚底板交替伸到我们面前。

"人的脚又咸又酸,漂亮的人连脚指甲的形状都漂亮。"

我心里想着,使劲地舔信一的五个脚指头。

哈巴狗越发讨好,它们仰躺着,四条腿朝虚空蹬;又咬着信一衣角拉扯。信一饶有兴趣地用脚掌抚抚它们的脸颊,揉揉它们的腹部,乐此不疲。我也模仿着拉扯信一的衣角,他的脚掌也像对哈巴狗那样踩踩我的脸颊,抚抚我的额头。脚踵压在眼睑上和脚心堵在嘴巴上时,感觉有点儿难受。

就这样,那天也玩到傍晚才回家。从那天起,我天天去塙家玩,总是对放学望眼欲穿,脑袋里一天到晚都是信一或光子的脸。随着熟悉不拘起来,信一也越发任性,我也完全跟仙吉一样,成了他的手下,玩起来必定挨打被捆绑。奇怪的是连那般好胜的姐姐,自从那次降服狐狸以来,也都服服帖帖,不仅不违抗信一,也服从我或仙吉,时不时来跟我们一起,说"要玩狐狸游戏吗"之类的,竟然显出喜欢受虐待的样子。

信一每到周日,都去浅草或人形町的玩具店买来刀剑铠甲,新奇热闹地挥舞起来,于是光子、我和仙吉身上便瘀痕不断。渐渐地,游戏的名目也玩尽了,以后院的杂物屋、洗澡间之类为舞台,费尽心思沉溺于粗野的游戏中。或者我和仙吉绞杀光子、抢夺钱财,被信一报姐之仇,砍下脑袋;或者信一和我两个坏蛋毒杀了官家小姐光子及其随从仙吉,抛尸河中。最吃苦头的角色总是光子。最后是将胭脂或画画颜料往身上涂抹,遇害者"血迹斑斑""痛苦挣扎"。而信一竟弄了一把真的小刀来,提出:"让我用这个轻轻割一下吧?哎,就一点点,不怎么疼的呀。"

"切深了可不行哦!"

于是,三人乖乖被按在脚下,简直就像接受手术一样硬挺着,眼泪汪汪忍受着肩头或膝盖被轻轻割一下，惊恐地眼看从伤口流出鲜红的血。我回到家里，每晚跟妈妈一起洗澡时，为掩饰这些伤痕费尽了心机。

这样的游戏持续了个把月后的某一天，我如常前往塙家，见仙吉独自无所事事的样子，说信一去看牙医了。

"阿光呢？"

"现在在练钢琴呢。我们去小姐待的西洋馆那边吧？"

仙吉说着，带我去大树阴森的旧池塘那边。我忽然间忘却一切，侧耳倾听从二楼窗户传出来的音乐声，就在老榉树的树根上坐了下来。

初访这屋子那天，仍是在这个旧池塘边上，和信一一起听到了奇妙的音响……有时像森林深处妖魔的狞笑，有时像童话中的侏儒在集体舞蹈，奇妙的声响仿佛成千上万的想象纤丝，在我幼小的脑海里编织成不可思议的梦幻。今天也跟那一次一样，从二楼窗户传出来那种奇妙音响。

"阿仙，你也没上过那儿去吗？"

乐声停止时，我抑制不住好奇心，问仙吉道。

"哦，除了小姐和搞清洁的阿寅之外，其他人都不行。不单是我，就连少爷也没去过。"

"里面会是怎样的呢？"

"据说都是少爷的爸爸出洋买回来的宝贝。我跟阿寅提出过，让我悄悄看一眼，他说不行，没答应。练习结束啦，阿荣，来喊小姐试试？"

我们二人一起喊起来：

"阿光,来玩吧!"

"小姐,过来一起玩好吗?"

我们对着二楼使劲喊,但静悄悄没有回音,令人奇怪仿佛刚才听见的音乐声,是钢琴什么的在空屋子里自动奏响、发出微妙声响似的。

"没办法,我们两个玩吧。"

就仙吉一个伙伴的话,不像平时那般热闹。我泄气地站起来,不料身后传来嘻嘻的笑声,光子不知何时来了,站在那里。

"刚才我们喊你,你怎么不回答呢?"

我回过头,责备地瞪着她。

"你们在哪里喊我的呀?"

"就是你刚才在西洋馆练钢琴的时候。我们在下面喊你,没听见吗?"

"我没在西洋馆呀。那里谁都不让去的。"

"可你刚才不是在弹钢琴吗?"

"我不知道,是别人吧。"

仙吉一直带着疑惑的神情看我们对话,他阴笑着说:

"小姐,我知道你撒谎了。哎,你秘密带阿荣和我去那儿吧。你又要撒谎顽抗吗?你不坦白就这样子——"

他麻利地反拧光子的手。

"哎哟!仙吉,求你修好积德,饶了我吧。我没撒谎呀。"

光子央求道。但她既没有大声喊叫,也没有要逃的意思,只是任人反拧着手,难受地扭动身子。她纤细胳膊的白皙肌肤被硬如铁的手指钳制住,与两名少年血色鲜明的对照打动了我的心。我说道：

"阿光，再不坦白就上刑了！"

我也反拧她一只手，解下带子，将她绑在池塘边一棵桦树的树干上。

"你还不说？还不说？"

二人又抓又挠，拼命惩罚她。

"小姐，要是少爷回来的话，你可要吃更大的苦头呢。趁早坦白了吧。"

仙吉揪住光子前襟，双手掐她的脖子：

"哼，越来越难受啦！"

他笑着看光子翻白眼，过一会儿又把光子从树干解下，将她仰面推倒：

"哈哈，这可是人肉长凳子哩！"

我坐光子的膝盖，仙吉坐在她脸上，二人摇晃着身体，用沉甸甸的屁股搓压光子的身体。

"仙吉，我坦白了，饶了我吧。"

光子被仙吉的屁股堵住了嘴，气若游丝地求饶。

"那你一定得招啊——你刚才是在西洋馆吧？"

仙吉审问道，他抬起屁股让光子缓缓气。

"嗯。我想你又得说带你去，就撒了谎。我要是带你们去，妈妈要骂我的。"

仙吉一听，瞪圆了眼珠子威胁道：

"好哇，敢不带我们去？哼，你又得吃苦头了！"

"好疼，好疼！那就带你们去。我带你们去，快放了我吧。不过白天去会被发现的,晚上吧。到时候,我悄悄从寅造的房间拿来钥匙开门。哎,阿荣也想去的话,晚上来玩吧?"

光子终于投降了,二人却仍将她按在地上,商量晚上的具体步骤。三人约定:这天正好是四月五日,我假称去水天宫的庙会,混出家门,在天色暗下来之际,由大门口悄悄来到西洋馆,等待光子偷出钥匙,和仙吉一起前来会合。不过如果我迟到了,二人会先一步进西洋馆,在二楼右侧第二个房间等我。

"好吧,既然定下来了,就放了你。你起来吧。"

仙吉终于松了手。

"哎哟,真是好难受。被仙吉坐着,几乎喘不过气来。脑袋下面硌着颗大石子,好疼!"

光子起来拍拍衣服上的尘土,揉揉身上各处,脸颊和眼球通红,气血上冲似的。

"可是,二楼究竟有什么呢?"

就要回家了,分手时我这样问道。

"阿荣,你可别吓着了呀。那里有好多有趣的东西呢。"

光子笑着跑回去了。

出了大门,人形町大道的摊贩已经点起了煤油提灯,宣布击剑表演的螺号吹响了,呜呜地响彻黄昏的天空。有马家豪宅前人山人海,卖药的指点着显示女人胎内的人偶,大声重复地解释。平日里很期待的七十五座曲乐、永井兵助的拔刀表演,今天都不在我眼里。我急急回家洗个澡,草草吃过饭,说声"我去看庙会",就又出门而去。此时大概快七点钟了吧。

蓝色夜空潮湿如水的空气中,融入了庙会日的灯火;金清楼二楼大厅里,人影幢幢如在眼前;米屋町的年轻人和二丁目射箭游戏场的女子等,各色男女熙熙攘攘,现在是人聚集最多的时刻。过了中之桥,从晦暗寂寥的滨町马路回望身后,半阴的夜空带着朦胧的红色。

不知不觉中,我已经站在塙家跟前,仰望着大山一样黑黢黢耸立的、高高的瓦屋顶。微寒的风从大桥那边静静地把昏暗刮来,那棵大榉树的叶子在某处的半空中哗啦哗啦作响。我悄悄窥探一下围墙里面,只有门房的灯光透过门缝,成一根细长的竖线透出来。母屋那边门窗紧闭,在阴天的背景下万籁俱寂,仿佛魔怪正在沉睡。我两手搭在大门旁出入口的冰凉铁格子上,向昏暗中试推一下,沉重的门扉竟听话地吱一下动了。我小心脚下不发出声响,听着自己急促的呼吸声和怦怦的心跳声,黑暗中紧盯着透出亮光的西洋馆玻璃门,往前走去。

渐渐地,眼睛看得见东西了。八角金盘的叶子、榉树的枝桠、春日灯笼等,各种各样张牙舞爪、黑乎乎的东西,闯入我小小的眼帘之中。我在花岗石台阶上坐下来,在夜凉如水、万籁俱寂中耷拉着脑袋,屏息以待。然而二人就是不来。大山压顶般的恐惧让我瑟瑟发抖,牙床咯咯打颤。我心想,要是没来这么可怕的地方就好了。我双手合十拼命念叨:

"神啊,我做了坏事。我再不跟妈妈撒谎,偷偷进别人家了。"

我后悔极了,决定回家,于是站起身来。但不经意间,我看见玄关的玻璃拉门里,隐约有一朵蜡烛的火光。

"咦,他们两个都先进去了吧?"

我想着,随即又变成了好奇心的奴隶,手早已搭在门把上,一拧，门就轻易打开了。

一进门，跟我推测的一样：正面螺旋梯的梯口处，大概是光子为我留的吧，有一支燃了一半、蜡泪下滴的手烛，正发出三尺见方的朦胧亮光。我带入了外面的空气，烛火一下子摇晃起来。涂清漆的栏杆的影子摆动起来。

我紧张地盯着上方，蹑手蹑脚、小偷似的走上了螺旋梯。二楼走廊更加漆黑一片，没有人的气息，一点儿动静也没有。说好的右边第二扇门——我用手摸索着挨近去，竖耳倾听，也都静悄悄、鸦雀无声。在半是害怕、半是好奇心的鼓动下，我心想"管他呢"，一咬牙上半身挨着门，推了一把门扉。

一时间亮光刺眼，我眼花了，猛眨眼睛。我小心翼翼环顾四周，像要看清楚妖怪正身似的，房间里却空无一人。中央大吊灯有五色棱镜装饰成葡萄串，它的影子使房间上半部有些暗，镶金嵌银的桌椅、镜子等装饰物金碧辉煌，铺地板的暗红色垫子十分柔软，仿佛隔着袜子踩在春草地上，脚板心怪舒服的。

我想喊"阿光"，但四周的死寂压住了双唇，我连张嘴发声的勇气都没有。开头没有察觉在这房间左手的角落里，有通往另一间房的出口，门口垂下沉重的缎子帷幔，那深褶令人想起尼亚加拉瀑布。我想拉开帷幔窥探邻室情况，但帷幔那头一片漆黑，我的手没敢动。此时，暖炉架上的座钟猛然间蝉鸣般嗞的一声，随即奏响了奇妙的音乐。我注视着帷幔，心想光子会以奏响音乐为标志现身吧？但两三分钟后音乐声停止，房间重归肃静，缎子的褶子纹丝不动，寂然垂下。

我呆立着，目光落在左边墙壁上挂的油画肖像上，不由自主地走到画框前，仰望因光线受阻而略显昏暗的西洋少女半身像。宽大的金色相框限定的长方形画面中，飘荡着晦暗的、茶褐色的空气，少女发垂后背，仅以鼠蓝色衣遮胸，裸露的臂膀装饰着金玉珠宝，睁开梦幻般的瞳仁，凝视着前方。在黑暗中鲜明地浮现的纯白肌肤和从高雅的鼻梁到嘴唇、下巴、两颊都端庄、神圣而优美的轮廓——这就是童话里的天使了吧？我心里想着，一时看呆了。无意中，我看见画框下三尺处、靠墙的圆桌上，有一个蛇形陈设，目光便转向了它。这又是干什么用的呢？盘成两圈、像蕨菜般抬起头的姿势也好，滑溜溜如锦蛇的鳞色也好，实在太逼真了。越看越令人感叹，仿佛就要动起来了，但我猛一惊，倒退几步，瞠目结舌：那蛇好像真动了！莫非是自己的心理作用？爬行动物常常极缓慢、几乎难以察觉地将脑袋左右蠢动。我全身像被水浇了似的发冷，脸色苍白，死人般呆立不能动弹。这时，缎子帷幔的褶子间，又闪现一个少女的脸，跟那张油画的少女一样。

这张脸笑嘻嘻，缎子帷幔一分为二，又滑过她肩头，在她身后合二为一。女孩子全身呈现，站在那里。

至膝的灰蓝色短裙之下，是没穿袜子的、石膏般的脚穿着肉色拖鞋；瀑布般倾泻的黑发垂在两肩；佩戴着油画里的手镯和胸针；衣服从胸至腰部收紧，衣服下的肌肤曲线优美，微微颤动。

"阿荣！"

如同口衔牡丹花瓣的红唇颤动的一刹那，我才发现，那幅油画是光子的肖像画。

"……早就等你来啦。"

光子说着，吓唬般地急急走来我身边。无可言喻的甜香搔痒我的心，眼前一片红霞闪烁。

"就阿光你一个人吗？"

我用求救似的声音怯怯地问道。为什么就今晚要穿西式衣服？旁边漆黑的房间有什么？我有种种事情想问她，但一时堵在喉头说不出口。

"我带你去见仙吉，跟我来吧。"

光子牵着我的手，我一下子颤抖起来，放不下心地问道：

"那条蛇真会动吗？"

"哪会动呀？你瞧。"

光子笑嘻嘻地说。的确，她这么一说，刚才肯定动了的那条蛇，此刻静静盘在那里，姿态丝毫未变。

"跟我走，别看那些啦。"

光子温柔的手掌轻轻拉起我的手，像有无法摆脱的魔力一样，牵着我走去那个有点儿令人害怕的房间。二人的身体一下子陷入缎子帷幔之中，然后就进入漆黑的房间之中了。

"阿荣，让你见仙吉吧？"

"噢噢，他在哪里？"

"我现在点蜡烛，你就知道了。等一下。或者先让你看看有趣的东西吧。"

光子放开我的手腕，消失在某处。不一会儿，房间正面的黑暗中响起吓人的嚓嚓声，蹦出无数小小的蓝白色光焰，或如流星般掠过，或如波浪般蜿蜒，或画圆圈，或画十字。

"哎，有趣吧？画什么都行呢。"

光子说着，似乎走来我身边了。刚才看见的光焰渐渐稀落，消失于黑暗中。

"那是什么?"

"是用进口的火柴擦墙壁。因为是在黑暗中,火柴擦什么都出火。擦你的衣服试试看?"

"不要不要!危险!"

我吃惊地要躲。

"没关系的,你瞧。"

光子随手扯过我的前襟,擦了火柴,绢布上伏着萤火虫似的闪烁着青光,醒目地描画出片假名的"萩原",好一会儿才消失。

"好,我们点上灯,去找仙吉吧。"

嚓地火花四溅,光子手上的火柴如打火般燃着了,随即光焰移向房间中间的蜡烛台。

洋蜡烛的光朦胧地照亮室内,各种各样的器物、装饰品的黑影都放大映照在四面墙壁,仿佛妖魔鬼怪同时起舞。

"你瞧,仙吉在这儿呢。"

光子说着,指指蜡烛下面。我一看,原以为的烛台,竟然是仙吉手足被绑、光着上身,额头顶着蜡烛仰天坐着。他满头满脸都是淌下的蜡泪,就像是鸟粪;还糊住了他的双眼,堵住了双唇,从下巴滴滴答答落到膝头。即便蜡烛已烧了七分,烛火眼看要烧焦睫毛了,他仍像个婆罗门行者般盘腿坐着,双手反绑身后,老老实实。

光子和我走到他跟前,不知仙吉在想什么,他努力蠕动脸上被蜡糊住的肌肉,好不容易半睁开眼,定定地、埋怨地盯着我。他就这样用郁闷、严肃的声音说道:

"喂,你我都太欺负小姐了,所以今晚要被报仇啦。我已经向小姐彻底投降了，你要是不早早认错，要倒大霉……"

说话之间，蜡烛油也毫无顾忌地、蚯蚓般从额头经睫毛流下来，于是仙吉又闭目不动了。

"阿荣，从现在起，你不再听阿信的话，做我的手下吧？你要是说不，我就让你像那边的人偶一样，让好几条大蛇缠住你的身体啦。"

光子的笑令人毛骨悚然，她手指着满是烫金字洋书的书架上的石膏像。我胆战心惊地抬眼看那个晦暗的角落，只见一座雕像，是一个体格魁梧的巨汉被蟒蛇缠绕，令人畏惧；雕像旁边盘着两三条锦蛇，香炉似的待机而动。我先已慌了神，分辨不出那蛇是真的还是假的。

"任何事情你都听我的，对吧？"

"……"我脸色苍白，默默地点头。

"因为你之前跟仙吉一起把我当长凳子，现在你要当我的烛台。"

光子随即把我的手反绑，让我在仙吉身旁盘腿坐，两脚的脚踝捆得紧紧的。

"仰起头，别让蜡烛倒下。"

她在我的额头正中间点亮了蜡烛。我做声不得，拼命顶着烛火，郁闷的泪水潸然流下，比泪水还热的蜡泪则经眉心流淌，把眼睛、嘴巴都封住了。透过薄薄的眼睑皮，我看着朦胧的烛光，眼球周围一片红霞，光子浓烈的香水味儿雨水般扑面而来。

"你们俩就那样别动，忍耐一下，我让你们听有趣的东西。"

光子说完就走开了。不一会儿，忽然从旁边静悄悄房间里传来幽幽的钢琴声，打破了四周的寂静。

如同珠子滑过银盘，又如同溪间潺潺的清水滴落青苔上，不可思议的声响，仿佛来自另一个世界的声音传入我耳中。额头上的蜡烛看来已经短了许多，热汗和蜡泪交流。我斜眼看坐在旁边的仙吉，微弱地看见他脸上隆起面疙瘩似的白色团块，有两三分厚，变成了牛蒡天妇罗的模样。我们俩正如瑞典童话《令人叫绝的乐师》中的人一样，入神地坐听微妙的乐音，久久凝视着眼睑里明亮的世界。

从第二天起，我和仙吉来到光子跟前时，都像小猫似的老老实实跪着。遇上信一不听姐姐的话，随即抓住他，不加解释便或捆或打。于是就连傲慢的信一，天长日久也渐渐顺从了，成了姐姐的手下。即便在家里，他也像在学校一样，变得低眉顺眼的了。三人像发现了什么新的、稀奇的游戏一样，高高兴兴服从光子的命令：她一声"坐下"，我们立即趴下，转过身去；她若说"烟灰缸"，我们立即恭敬地张开嘴巴。渐渐地，光子越发厉害，将我们三人像奴隶般驱使，或洗澡后让我们剪指甲，清洁鼻孔，或让我们喝尿，要我们一直服侍在身边，好长时间俨然是这个国度的女王。

自那次之后，我再也没去过西洋楼，那条锦蛇是真是假，现在想来也不好说。

帮闲

轰动世界的日俄战争，从明治三十七年（一九〇四年）春打到三十八年秋，最终以双方签订《朴次茅斯和约》而落幕。在发展日本国力的名义下，各种各样的企业蓬勃发展，既产生着新华族，也产生着暴发户。社会气氛有如过节般热烈，这种情景下的明治四十年（一九〇七年）四月，发生了一件事情。

其时向岛的堤上樱花盛开。这个周日丽日蓝天，自上午起，前往浅草的电车也好，蒸汽船也好，都是人满为患。过吾妻桥的人流如蚁。对面从八百松到信问的艇库边，彩霞满天，以对岸的小松官御别邸为首，包括桥场、金户、花川户的街市，均笼罩在蒙蒙蓝光之中。其后的公园十二台阶，隐隐约约屹立在水蒸气弥漫得呛人的蔚蓝色天空里。

隅田川从千住的重重云霞底下流出来，在小松岛尖角翻腾而下，具备了浩瀚大河的形态；微暖的水流陶醉于两岸春色，慵懒地泛着粼粼波光，穿吾妻桥流去。河面缓缓的波浪从容地翻卷着，似带着倦意；柔柔的水予人被褥似的手感，水面上漂着几只小艇和赏花船，不时离开山谷堀渡口的渡船，横穿过往的船列，把满载的人运到堤上。

事情发生在那天早上十点左右。一艘赏花船出神田川河口,从龟清楼石垣后划向大河中心。老式木船由红白相间的帷幕装饰得漂漂亮亮,搭载着代地①的帮闲艺人;站在船中央的是名震一时的暴发户神原老板,他身边跟着五六名帮闲。神原老板环顾船中男男女女,咕嘟咕嘟豪饮着,赭色的胖脸上已有三分醉意。中流行驶的船与藤堂大宅围墙并排时,帷幕中响起弦歌之声,欢快的声响震荡着大河,波浪涌向本杭和代地的河岸。两国桥上和本所浅草沿岸路的人们,个个伸长脖子,惊奇地看着这番热闹的情景。船中情形看得分明,女子娇媚的话语还不时被微风吹过河面,传入耳中。

船来到横纲河岸时分,船尾突然出现一个扮成长脖子妖怪的人物,他随着三味线的伴奏,跳起了极滑稽的道化舞②。感觉这是在一个画了女人眼鼻的大气球上,接一条细长的纸袋脖子,然后套在表演者脑袋上。他本人的脸完全看不见,都藏在纸袋中;他身穿花哨的友禅绸,脚穿白袜子,但不时举手做舞蹈动作时,红色袖口便露出一截结实的手腕,五根骨节突出的褐色手指尤其引人注目。气球的女人头随风飘荡,时而窥看近岸人家的屋檐,时而从相错而过的船只的船老大头顶掠过。每逢此时,岸上人便注目观看,游览者拍掌哄笑。

众声喧哗之中,船到了厩桥。桥上聚集着黑压压的人群,排列着一张张黄色的脸,眺望着驶近的船里的情景。随着船渐近,长脖子妖怪的眼鼻清晰地出现在空中,那张似哭似笑又似睡的脸的表

---

① 东京台东区柳岸的隅田川河岸的通称,自古以花街柳巷闻名。
② 一种滑稽戏。

情，又惹得游览人群乐不可支。不知不觉间，船头进入桥的背阴处，长脖子从水量增大的水面，轻轻掠过离游览者脸庞很近的栏杆，被船拖着弯折下来，柔软地钻过桥底，在桥另一侧轻盈地伸向蓝天。

船来到驹形堂前面时，过往吾妻桥的人早已看见，船上人也看得分明。众人像迎接军队凯旋般等着。

在那里，长脖子妖怪也跟在厩桥一样表演了滑稽举动，惹人发笑；船渐渐接近向岛。三味线的音调越发高亢激越，恰如牛在祭神节音乐催促下挽动彩车一样，船只也仿佛在激昂曲乐声推动下，在水中徐徐前行。几艘划出了大河狭口的赏花船、挥动红蓝小旗为赛艇加油的大学生，以及两岸的群众都看呆了，目送这艘奇特的道化船远去。长脖子妖怪的舞蹈越发圆滑乖巧，气球在河风劲吹之下，忽而穿越蒸汽船的白烟，忽而高高舞动，俯视待乳山，做出种种痴态，仿佛讨好游览者似的，集河岸人气于一身。道化船在言问附近远离了堤坝，仍溯河而上。而流连于植半到大仓氏别墅一带的堤坝的人群，望着飘荡在遥远河流上空、鬼火般的长脖子脑袋，一边纷纷议论"这是什么"，一边盯着它的去向。

以旁若无人的举动引两岸哗然的道化船，不久在花月华坛的栈桥系缆登岸，一队人热热闹闹地拥向庭院的草地。

表演长脖子妖怪的男子被老板、艺人一行围绕着，在一片"您辛苦啦，您辛苦啦"的喝彩声中，脱下了包得严严实实的纸袋。于是，在火红的衬领之间，出现一个浅黑的光头，下面是一张十分可爱的脸庞。

这帮人换一段堤岸又登陆玩乐一番，摆开宴席，以老板为首，男男女女一大帮人在草地上奔跑、舞蹈,众人玩起捉迷藏游戏,热闹非凡。

扮长脖子妖怪的男子仍是未婚女子的长礼服打扮,白袜子配红绳草鞋,用踉跄的醉步和艺人们互相追逐。尤其轮到他扮鬼捉人时,就格外热闹起来。从他被手帕蒙上眼睛时起,老板和艺伎们都拍掌大笑,耸肩舞蹈起来。他的红色衬裤下露出多毛的腿,嘴里发出艺伎那样带一点沙哑的高亢声音,喊着"小菊小菊,我抓住你啦"。他时而差一点抓到女人的衣袂,时而脑袋撞上树木,四下里瞎跑一通,但并不显得灵巧快捷,有点儿呆笨的样子,很难抓到人。

大家兴致盎然,有人屏息静气,悄悄从后面接近他,突然在他耳旁嗲声叫道:"嘿,我在这儿呢!"在他背上拍一下,逃开去。

"咳,快呀!快呀!"

老板揪着他的耳朵,恶作剧地转圈,他一边惨叫着"好疼,好疼",一边挣扎,做出夸张的可怜表情。他那神态仍是没法说的好玩,谁都想拿他开开玩笑,像敲敲他的脑壳、揪揪他的鼻尖什么的。

这回是一个十五六岁的疯姑娘雏妓绕到他身后,双手将他两腿往上一扳,他竟在草地上翻滚起来。在一片哄笑声中,他又呆呆爬起身来,眼睛仍旧蒙着,像由良①似的伸展双手往前走,嘴里大叫:

"这是谁?竟然欺负我这个老头子?"

关于此人,人称"帮闲三平",原是兜町的投机商,但从那时

---

① 由良,歌舞伎《假名手本忠臣藏》里的人物。在戏里有众人玩捉迷藏,由良蒙着眼睛,摊开双手要抓艺伎的情节。

起，他就忍不住要尝试做现在的营生，终于在四五年前成为柳桥的帮闲艺人门下弟子，因其天性别具一格，迅速走红，现今在同行之间很被看好。

"樱井（此男子的姓）这家伙真是淡定。比起干什么投资生意，这行当合乎他的天性，不知好上多少！看来他现在收入挺不错，最终会过上好日子的。"

了解他过去的人，不时有诸如此类的议论。在中日甲午战争时，海运桥附近有许多中介店，雇佣四五名办事员，和神原老板等是好朋友。从那时起，樱井就是酒席上不可或缺之人，擅长搞活气氛，公论"有他在就很有趣，席上很热闹"。他能说会唱，即使在大热走红之时，也丝毫不摆架子，忘记自己优越的老板身份，甚至把自己杰出男士的气质撇在一边，一门心思要博得朋友们、艺人们的喝彩、拥戴，以此为无上快乐。在华灯之下，他带着醉意的笑脸容光焕发，一边笑嘻嘻，一边妙语连珠，就是他此刻的生命所系。他狂喜的眸子妩媚动人，扭捏的姿态天真无邪。可谓深得行乐之真髓，简直就是欢乐的化身。艺伎们也投其所好，与之周旋，几乎都不分谁服务谁了，所以开头她们喊他"好色汉子"，内心还有几分讨厌他，但慢慢知道他的品性了，明白他别无其他心计，是个只求他人开怀快乐的好人，便亲近熟络起来，喊他"樱井桑、樱井桑"了。然而，尽管樱井被人追捧，却不管他有多少钱，名声多好，谁也不讨好他，不佩服他。既不称他"老板"，也不称"您"，"樱井桑、樱井桑"地叫他，很自然地以低同行顾客一等的方式待他，也不认为这样是失礼。实际上，他也绝不是令人起敬慕之心的人。他先天就是一种容易亲近熟络的性格，会让人产生一种温暖的轻蔑之心或者怜悯之情。恐怕即便是乞丐，也没想到要向他鞠躬吧。无论怎么被瞧不起，他也都不生气，反而感到开心。一有钱，必约上朋友出门挥霍，泡馆子。一有伙伴来邀去饭局，无论即将有怎样的生意事务，都经受不住诱惑，将事情丢下不理，兴冲冲出门而去。

散席时，他常被朋友揶揄"哎，你辛苦啦"，他必定一脸正经，双手支地答礼：

"是，您的庆典也让我效力吧。"

艺伎开玩笑地装出顾客的口吻和神色，把纸一团，丢给他：

"嘿，行啊行啊，这个赏你。"

"啊，这实在太感谢了。"

他连连点头致谢，把纸团放在纸扇上，毕恭毕敬地鞠躬好几次：

"实在太感谢了。请各位再赏赐一点点吧。哪怕区区二文也好，小人上有老，下有小哇。久闻东京客人侠义，锄强扶弱……"

樱井一副庙会魔术师的腔调，滔滔不绝。

如此放荡不羁的汉子，也有他的风流史。他不时搭上从良艺人，也不结婚，到迷恋上了，那没出息劲就越发暴露；为讨女人欢心拼命拍马屁，丝毫没有做丈夫的权威。女人想要什么他就买什么，毫无节制。女人颐指气使，"您请这样，您请那样"，他都满口应承，没有己见。甚而还曾被酗酒的坏女人臭骂"混蛋"，脑袋挨揍。女人在的期间，酒席陪客的活儿几乎都回绝了，差不多天天晚上呼朋唤友到二楼雅座，由老婆三味线伴奏，大伙儿饮酒唱歌，寻欢作乐。自己的女人有一次与朋友私通了，他还不舍得分手，百般取悦那女人，买布料送情夫，陪二人看戏。有时还让二人上座，像往常那样大拍马屁，以被二人驱使为乐。到最后，不时有艺伎等以给钱泡男艺人为条件,跟他住在一起。在他身上,完全没有男人的倔强、因妒忌而发怒那些感觉。

另一方面,他又是极易厌倦的性格,你以为他会执迷不悟、骄纵那女人到底吧,他却随即冷却了,余热消散,更换了好几任老婆了。因为原本就没有女人爱上他,只是有指望时尽量榨取,见势不妙便一去不回头。这种情形,使他在店员中也完全没有威信,时而弄出个大亏空,加上为人疏懒,店子撑不久也关门倒闭了。

之后,他当过外围赌博经纪,为旅馆拉拉客人,遇上了熟人,就信口开河:

"您等着瞧吧,我一定重振雄风给您看看!"

后来,他最终因为借债而债台高筑,转投昔日好友神原的店子,声称:

"您尽管试用我吧!"

即便落魄为一介店员,渗透其身的帮闲艺人气味,却完全不可能去掉。他坐在账房桌前,时不时就回想起妖艳的女腔或者三味线的欢快音色,口中唱起了端曲①,大白天的就自我陶醉起来了。到最后,他实在忍耐不住,扯些冠冕堂皇的事由,一再借钱,攒起来,瞒着主人去玩乐。

"那家伙的样子也挺逗的哩。"

有人开头两三次还这么觉得,爽快地拿钱给他,后来也因为累积得太多了,终于生他的气了:

"樱井也实在够呛,再这么吊儿郎当的话,可就做不成生意了。

---

① 三味线音乐的一种曲调,起源于江户中、末期流行的通俗小曲。

他原先也不是这么恶劣的,下次他再死乞白赖讨钱,得狠狠骂他一顿。"

心里是这么想,可一见他本人,还是挺同情他的,硬话也就说不出口了。

"下次补啦,今天就不借了。"

本打算这样子打发樱井的,但他死乞白赖:

"拜托您别那么说了,您就借给我吧。马上就还,好不好?大恩大德!实在是大恩大德!"

看他这副样子,一般人都抹不开情面,只好答应。

主人神原也看不过眼,就说:

"你时不时陪我出去吧,别那么麻烦人家了。"

于是,神原每三次友人聚会,就有一次会带上樱井。只在这种时候,樱井换了个人似的勤快,表现极为出色。主人每有生意上担心的事、闷闷不乐时,和樱井喝上两杯,看他天真无邪的模样,真比什么都有疗效,于是,神原便频繁地让樱井陪伴出门。最终,樱井竟以这方面的事务为主,店员工作倒在其次了。白天他一整天在店里游手好闲,得意洋洋地开玩笑说:

"咱可是神原商店的御用艺人呢。"

神原之妻娶自正经人家,十五六岁的长女之下还有几个孩子。以老板娘为首,神原家连女佣在内,全都喜欢樱井,时不时叫他:

"樱井桑,家里有菜,过来厨房喝一杯吧。"

让他到后面的家中①去,想听听他说有趣的俏皮话。

---

① 神原的店子是前店后家的形式。

"像你这样无忧无虑，即便穷也不觉得苦吧。能够笑着过一辈子，那才叫做幸福呢。"

被老板娘这样夸，樱井便得意起来，说道：

"一点不错。所以我呀，从老早前起，就没有生过气。这一点，就是得益于放荡不羁啦。"

然后他就起劲地侃上个把小时。

樱井时而以沙哑的喉音哼唱，把端曲、常磐津、清元①唱个遍，自我陶醉。当他哼出热闹的三味线曲调时，听者无不动容。樱井总是最先学会流行曲，马上回家来报告："姑娘，我教你有趣的新曲子吧！"

歌舞伎座的剧目每逢更新，他买站票看个两三回，就能模仿芝翫和八百藏②的声腔。在厕所里，在马路中间，他动辄眼一瞪，头一扬，入迷地练习模仿名角。闲来无事时，他哼个小曲，模仿一下动作，总要自我陶醉一番才罢休。

从小时候起，他就对音乐、相声很感兴趣。他出生在芝爱宕下町，念小学时即被誉为"神童"，成绩好，领悟力强，看来他那时就具备了帮闲的气质。尽管他是班上第一名，却喜欢被朋友们当成仆人、家臣的角色。他央求父亲带上他，几乎晚晚置身于曲艺场。对于相声师傅，他深为同情甚至抱一种向往之情。华丽登场的相声师傅对观众鞠一个躬，开口道：

"常言道，此男子之失败，就坏在酒和女人身上。尤其说到女人的影响力，可谓大矣。我国素称自天岩户始，'若非女人，则国

---

① 均为江户净琉璃曲的流派。
② 即五世中村芝翫和七世市川八百藏，歌舞伎名师。

长夜漫漫，'①……"

话语滔滔不绝，一招一式包含情意。他推想表演者本人是多么酣畅淋漓！像这样，一字一句逗乐小女孩，不时以极具魅力的眼神环顾观众，从中得到无可言喻的温情。这种时候，他最强烈地感受到"人际社会的亲切"。

"没错，是它，就是它。"

伴随着热闹的三味线，《都都逸》《三下》《大津绘》②等抑扬顿挫地唱起来时，他虽然还是个孩子，体内漠然静伏的放荡血液被激荡，感觉里面暗示着人生的快乐、欢愉。上学放学，他常常驻足清元师傅家窗下，听入了迷。即便是夜间做功课时，一听见新内节③演奏，便无心读书了，丢下课本听得如痴如醉。二十岁时，他第一次获邀作宴席艺人。当女人们在跟前排成一列，平生向往的伴奏三味线奏响，他感极泪下。由此可见，他技艺精湛也是理所当然的事情。

让帮闲成为他的本职工作，完全是神原老板的主意。

"你总待在家里、游手好闲也不是个事。我帮你一下，你做个帮闲如何？吃喝免费，还能得小费，没有比这更合算的买卖了。对你这样的懒人再好不过啦。"

有神原老板这句话，他也立即拿定主意，由老板安排，最终做了帮闲柳桥的弟子。"三平"这名字，是当时师傅给取的。

---

① 这则相声取材于日本创世神话。日神是天照大神，因素盏鸣尊的粗暴而不踏出天岩户，于是大地黑暗无光。
② 均为口语俗曲，主要关于青年男女的爱情故事。
③ 江户净琉璃的一个流派，其三味线可由二人上街演出。

"樱井当了帮闲？果然是天生我材必有用啊。"

兜町的伙伴们也传开了，为他高兴。樱井虽说是新人，但有艺在身且善应酬，成为帮闲前素称有急才，很快就走红了。

有一次，神原老板在酒馆二楼找来五六个艺人，说要练习催眠术，给他们逐一发功。但仅有一名雏妓有些微感觉，其他人怎么都不能入眠。这时，在场的三平突然害怕起来，说道：

"老板，我最怕催眠术了，您停止吧。光是看别人被催眠，我就要疯掉了。"

他显得很恐惧，但又很想尝试一下的样子。

"亏得你自我暴露，那我就给你来一下吧。看招：你被催眠了！瞧，你渐渐睡过去了！"

老板说着，眼一瞪；三平脸色大变，嘴里嚷着："我受不了了，我受不了了！受不了这玩意了！"

三平起身要逃，被老板从后面追上；老板用手掌在他脸上抚摸几下，说道：

"好啦。这回真中招了。你没戏啦。想逃走、想挣扎都是徒劳的啦。"

话音没落，三平脖子一软，脑袋耷拉下来了。

老板半开玩笑地给予各种暗示，三平逐一照办。说"你很伤心吧"，三平嘴一咧，哇哇哭起来。说"你挺后悔吧"，三平脸色通红，懊恼不已。告诉他是酒，掌水给他喝；告诉他是三味线，塞一把扫帚在他怀里。每次捉弄他，都让女艺人笑翻了。最后，老板把下摆一撩，将屁股冲着三平鼻尖，放了个响屁，说：

"三平，这块麝香好闻吧？"

"不错不错,好麝香啊。味道好香,心旷神怡呀。"

三平陶醉地翕动鼻翼。

"好吧,这回放过你啦。"

老板在他耳旁啪地击掌,他瞪着眼,四下里张望,慢慢回过神的样子,说道:

"最终还是被催眠了,那家伙太可怕啦。我没干出什么可笑的事情吧?"

这时,爱淘气的艺伎梅吉膝行上前,说道:

"三平桑么,咱也能催眠他。看招!你被催眠啦!瞧,你渐渐就睡过去了!"

梅吉追逐在客厅里闪避的三平,揪住他的后脖颈,喝道:

"瞧,你没戏啦。你完全被催眠了!"

她边说边抚摸三平的脸。三平又是脖子一软,呆呆张开大嘴,耷拉着靠在梅吉肩头。

梅吉一会儿说自己是观音,让三平礼拜;一会儿说大地震了,恐吓三平。每次三平都表情丰富、千奇百怪,令人忍俊不禁。

从此以后,只要神原老板一瞪眼,三平便被催眠,瘫倒下来。有一天晚上,梅吉宴席应酬完回家,与三平在柳桥上相遇,梅吉眼一瞪,说:

"三平桑,看招!"

三平嗯地应一声,在路中央仰后便倒。

三平要做到这个地步来讨人欢心,是一种病。然而他很擅长随机应变,又实在不在乎,人们没想到他是在骗人。

不知从哪里就传出三平桑迷恋梅吉小姑娘的说法。说是若非如此,他断不可能那么轻易就被梅吉催眠了。其实,三平喜欢梅吉这种疯丫头,不把男人当男人的好胜姑娘。从他头一次被施以催眠术、被翻来覆去折腾的那个晚上起,他就完全被梅吉的天性迷住了,但对方糊涂得很,完全没感应。三平瞅准了心情好的时候,三言两语去撩拨她,梅吉立即顽皮孩子似的一瞪眼:

"你再那么说,我就要催眠你了!"

三平一被瞪眼,顾不上诉衷肠,马上瘫软倒下。

他终于忍不住了,向神原老板说出自己对梅吉的痴情,请求道:

"实在是不符合职业态度,太没有自尊了,我只要一个晚上就好,万望老板出马搞定,成全本人的心愿吧。"

"好吧,万事有我呢,你静候佳音好了。"

老板有心再耍弄三平一下,所以马上就应承了。当天傍晚,他早早把梅吉叫去常去的约会茶屋,说了三平的事,最后说道:

"似乎有点残忍吧,今晚就请你出面把那小子约到这里来,尽量甜言蜜语一番,关键时刻用催眠术蒙住他。我在暗地里看情况,你把他脱光光,随意折腾耍弄。"

他们这样商量起来。

"总觉得这样子的话,他太可怜啦。"

就连梅吉也有点迟疑了,但她又觉得,一来三平不是知道了真相会翻脸的人,二来也挺好玩的,便答应了。

到了晚上,车夫持梅吉的信去接三平。三平见信上说"今晚就我一个人,请一定过来玩哦",欢喜得心跳加剧,心想必是老板出面奏效了,便和往日不同,仔细打扮一番,很帅气地出门赴约。

"哎呀呀，快这边来，这边来！今晚就我一个，请三平桑不必拘谨！"

梅吉又是让座又是斟酒，待他如上宾。三平有点被唬住了，消受不起地惴惴不安，但他渐渐醉意上头，胆气也上来了：

"嗯，小梅你这种要强好胜的女人，我最喜欢啦。"

他开始话中有话了。但他做梦也没想到，以老板为首的两三名艺伎，从二层清扫口通过楣窗窥看着他们。梅吉强忍着不笑出来，越发逗引他信口开河。

"哎，三平桑，既然你那么迷恋我，有什么证据证明吗？"

"你要证据的话，那可就为难了。我恨不能扒开胸膛让你瞧瞧。"

"那好吧，我把你催眠了，你老老实实坦白吧。来吧，就为了让我放心，你被催眠了吧。"

梅吉说出了这样的意思。

"不不，这个可千万别再玩了。"

三平也下了决心，今晚不再弄这个来蒙人了，还打算将合适的话和盘托出：其实那个催眠术就是掩饰迷恋你的骗局。

"看招！你被催眠啦！中招啦。"

梅吉突然神色一变，双眼一瞪。关键时刻，由她去折腾的念头又抢先冒了出来，三平又一次脖颈一软，脑袋耷拉下来。

任由梅吉盘问，三平随口就来：为了小梅，我不惜生命；只要小梅说你去死，我马上就去死，等等。

老板和艺伎见三平已被催眠，认为不用担心了，便悄悄进入客厅，围坐在三平周围，看梅吉淘气，咬着衣角捧腹忍笑。

三平见此情形，心中大惊，但事到如今不可能就此打住了。毋宁说，被所爱女子如此摆弄一番，倒也是开心的事情，他便依照吩咐，多难为情的事都百依百顺。

"这里就你我二人，你不必拘谨。来，脱下和服外褂。"

梅吉这么一说，三平麻利地脱下衬里是夜樱图案、表里都是高级黑绉绸的外褂。然后，他又解下蓝牡丹缎纹腰带，脱去红线大名绸上衣，只剩下一件白绉绸贴身长衫。长衫后背有雷神图案，衣裾染成红色闪电。三平精心打扮的衣裳被一一剥下，最终一身赤裸。尽管如此，三平对梅吉的狠招狠话却欣喜不已。最后，他在女人的暗示之下，做了无以言说的事情。

一番折腾之后，三平熟睡过去，梅吉和众人一起离开了。

第二天早上，三平被梅吉唤醒，他一睁眼，呆呆地仰望着坐在枕畔、身穿睡衣的女人的脸。为了骗三平，梅吉有意在旁边丢下女人的枕头、衣服。

"我刚去洗了脸来。你可真能睡啊。所以么，你就是无忧无虑的啦。"

梅吉若无其事地说。

"得到小梅的赏识，我肯定无忧无虑啦。我这番衷情没有落空，实在太开心了。"

三平说着，一再鞠躬。他匆忙起床，更衣，然后说：

"世间人言可畏，我今天得早些告辞，来日方长呢。嘿，我这个好色之徒！"

三平轻轻敲打自己的脑袋，出门而去。

"三平，前几天那事结果如何？"

过了两三天，神原老板来问。

"啊，实在是感激不尽！面谈了，她还是很没分寸，很孩子气。虽说为人要强好胜，女人毕竟是女人。完全不靠谱！"

看他满心欢喜的样子，神原老板戏弄道：

"你小子挺讨女人欢心的啊。"

"嘿嘿。"

三平谦恭地、职业性地笑着，用扇子啪地敲了一下额头。

恶魔

列车翻越漆黑的箱根山时，从夜间的车窗尚能望见山北富士纺的一星半点灯火，但佐伯不久便昏昏沉沉地睡着了。到他再次睁开眼睛的时候，短暂的黑夜已放亮，新鲜爽利的阳光，从碧蓝色的品川海方向清晰地照射入车厢内，如同正午。乘客全都站起来了，正是收拾行李架上的行李最忙的时候。从因酒力而进入睡眠中的噩梦世界，一下子置身光明之中，他欢喜之余禁不住站起来，心中充满对太阳合掌致敬的心情。

"啊，这么说我终于可以活着来到东京了。"

他这样想着，松了一口气，放下心来。从名古屋到东京来的期间，他不知已几次中途下车、住宿了。就本次旅行而言，大致跑了个把小时火车，他便突然对火车恐惧起来。车轮发出轰鸣滚滚向前的气势，恰如恫吓自己衰弱的灵魂一般。机车嘎哗哗嘎哗哗地发出刺耳、疯狂般声响过铁桥穿隧道时，他思维紊乱，魂飞魄散，心慌得要马上猝倒似的。自从这个夏天见过祖母猝死于脑溢血之后，他突然担心起平时贪杯的自己来，一直笼罩在自己不知何时就要受害的恐惧之中。在列车上一想到这件事，身上的血便直冲大脑，脸上着火似的发热。

"啊！我忍受不了了，我要死了，我要死了。"

他曾一边叫喊，一边紧紧抓住翻山越岭而去的列车的窗框。无论他多么想使自己定下心来，强迫观念却如海啸般在他的头脑里肆虐，他无缘无故地全身战栗，心悸加速，令人害怕马上就会窒息了。这样挨到下一个车站，他脸色苍白地飞身下车，仿佛已九死一生的样子，由站台一口气跑出站外，才回过神来。

"真正是捡回小命了。再坐上五分钟的话，我一定活不成了。"

他心里嘀咕着，就在停车场附近的旅馆休息一两个小时，有时则是整个晚上，待神经充分平息下来，才又提心吊胆地去搭乘列车。在丰桥住了，在滨松住了，昨日傍晚虽然在静冈曾下过车，但越到夜晚，不安和恐惧渐渐逼近到旅馆的二楼来了，那里也待不住了，这次就反过来逃入夜行列车上，一上车便拼命灌酒，睡了过去。

"好歹平安无事地抵达啦。"

他在新桥车站内一边步行一边想，恨恨地回首刚才将自己赦免的列车。静冈以来数十里河山，这怪物竟以疯狂的速度蛮闯过来，吓得人够呛，呻吟起来毫无顾忌，一直不停。此刻它疲劳了，懒了，将长而无当的躯体横卧着，似乎说着类似于"给我一杯水吧"的话，从鼻孔里呼哧呼哧地喘息着，震动地面。仿佛一幅怪物画作似的，机车一边打着哈欠，一边突出它那邪恶的大眼睛，嘲笑着步步逃离开去的自己的背影。

当他走出人来人往的、晦暗的铺石站场，从正门搭乘汽车时，他一边将旅行袋夹在两股之间，一边说："喂，把帘子挂上。"

车站前热辣辣的地面亮晃晃地反射过来的光线让他实在受不了，晃得两眼无法睁开。

刚进入九月的东京似乎残暑酷热。夏天的大都会洋溢着自然和人的旺盛活力——在这种较之高速列车还要凶猛的势头面前，佐伯无法正面去面对。在利剑般的铁轨上行走的电车的响声，极目充满热空气的灿烂的天空，燃烧着从房屋后面一点点升起来的银色云团，顶着烈日在赫石色干涸的地面上如火星迸散般步行的市民——无论是朝上还是朝下，强烈的色彩和光线压迫着他软弱的心灵，在汽车上的他一刻也不能将手从两眼挪开。

迄今只为黑夜的魔掌所烦恼的自己的神经，也不堪白日的威力了么？一想及此，他便觉得了无生趣。今后距大学毕业为止的四年间，他能够生活在无论白日黑夜都喧嚣骚动不已的闹市，让烦琐的法律书和讲义塞满焦躁不安的头脑么？和住在冈山的六高时不同，如果不得不寄居于本乡的舅母家，或许又将过着从前的荒唐无度的生活了。为了治愈因长期放荡而渗入大脑和身体的各种恶疾，他只好私下里去看医生，悄悄地服药了。说不定自己就这个样子发展下去，头脑渐渐朽坏，或成废人或死掉，近期将会有个结果了吧。

"哎，你呀，反正活不长的话，我又那么疼爱你，干脆休学两三年到这里住吧。没必要特地跑到东京去，暴尸街头呀。"

回想在冈山，相熟的艺伎茑子在分别时认真地说的这番话，一种干涩的悲伤充塞着胸膛，他感觉到一种无所措手的烦恼。那位脸色发青、感觉敏锐、妖女般的茑子，一边端详着时不时傻子般兴奋的佐伯的脸，一边好像看破了将来似的说道。他仿佛已经实实在在地见到了自己因残酷的都市的刺激，焦头烂额、伤痕累累地倒毙的尸骸。于是,他胆战心惊地从十个指头的空隙窥视市街。

汽车从本乡的红门前经过。这里与两三年前来时大不一样,左边新扩宽的人行道上,五六名工人一边倾倒着煮成糊状的黑漆似的东西,一边进行着混凝土修路工程。从放在大路上的一个大铁桶里,炽热的焦炭向热辣辣的天空送上热气,阳炎①般地蒸腾着。头戴新角帽、兴冲冲地走过去的学生哥们丝毫没有佐伯那样的悲惨的影子。

"小子们都是我的竞争者。看呀,一个个面色红润、意气风发地走在大街上。尽管脑瓜子笨,却拥有野兽般强壮的体魄。自己实在不敌他们。"

他想着这些事的时候,已来到了写着粗体字"林"、可以看见舅母家电灯的台町街。汽车压在门内铺设的沙子上,在大门口的格子门前一停住,他终于可以放下两手,冲刺般进入房间。

"听说你两三天前便出发了,这期间都干什么去啦?"

舅母中气十足地说着,先带着佐伯顺着走廊来到约八叠大小的客房,问了家乡的种种情况。她是个年近五十、略显富态、总是精力十足的女人。

"噢,是么?……你爸说是今年赚进不少吧?你也该跟他说说了,赚了钱得修修房子啦。真是没有人会像你那地方了,又旧又脏,空空荡荡。我每次去名古屋都说他,可他总是说'快了,快了',谈了好长时间了。最近还来信,说博览会期间来住个两三天吧,我也这么说他了。噢,'尽管很想出门走一走……但你早就劝

---

① 春夏季阳光照射地面升起的游动气体。

说过的修缮房屋一事尚未办妥,担心有地震,实在不能到府上做客逗留'。你看他不是开玩笑么?试试大一点的地震吧,那种房子马上就垮的。你爸这秃头老糊涂无所谓,你舅妈虽然没什么魅力,可还是挺珍惜这条命哩。"

佐伯一边听她不着边际的唠叨,一边笑容可掬、只盯着不停地摇着扇子的舅母的婴儿般胖乎乎的手腕,然后他也接过扇子摇起来了。

在屋内坐定,暑热更甚。为更通风而一律大开的套廊外的园子里,两三棵茂密的高大枫树、青桐遮住日光,它的背荫处,南天竹、杜鹃花生势茂盛,八角金盘的大叶子微微摇动。因浓绿色的反射,室内稍暗,舅母的红脸膛有半边发青光。从户外光猛处突然转入地窖般的地方的佐伯,略微低着头,眨巴眨巴着眼睛,不快地望着藏青碎白点花布湿了汗水,贴在瘦削的上臂像病人似的。心情上多少安定下来之后,在汽车上带过来的炎热此时一下子散发出来似的,全身的皮肤像着了火,血涌上脸,开始热得有点目眩,悄然渗出的汗水湿透了脖颈一带。

不停地独自唠叨的舅母突然听见隔扇那边有人走过,侧耳听听,说道:

"是阿照吗?"

没有人回答。她停了一下,想了想,又说道:

"如果是阿照,就过来一下吧。阿谦刚从名古屋来到这里。"

话音未落,拉门打开了,表妹照子走了进来。

佐伯抬起沉重的脑袋,望向发出衣服窸窣的摩擦声的里间。照子大概仍旧是从外面回来的打扮吧。东京味的、干练的前蓬发式,格子单和服上配绸短外褂,几乎令房间变得狭小的大高个儿,一边拘束而柔顺地弯着腰,一边以都市姑娘问候乡下进城的男人时的泰然和矜持,向佐伯点头打招呼。

"怎么样?赤坂那边的事办好了?"

"噢,既然那边已打了招呼,他们也只能说'明白了,请放心吧'……"

"不出所料吧?就该这样子。如果不是铃木弄错了,从一开始就不会变成这个样子。"

"的确是这样,不过对方也太不像话了。"

"没错。……没一个好东西。"

母女俩这样交谈了一会儿。寄食此处、据说挺笨的学生铃木似乎又干了什么不当的事。这件事本不必在这种场合谈论的,舅母大概是想在外甥面前,演示一下自己女儿说话办事的能力吧。

"妈妈你也别再让那铃木办什么事了,省得事后又生气。"

照子一本正经地说,显得比她的年龄老成。也有一点老于世故的感觉。庭园里的光线正面照射之下,她那没有光泽的长脸盘有几分姿色。此前见她的时候,还是一副天真烂漫的少女情怀,与她的个儿不相称,现在没有那回事了。和她的个子相应,她显得丰满肉感,柔软有余,长长的手臂和颈项、腿脚形成了柔和的曲线,连宽绰的衣服也像迎合这大个子女孩优美的四肢似的服服帖帖地包缠着她的肌肤。沉沉的眼睑下,清澈的大眼睛骨碌骨碌地转动着;好看的睫毛下是一双讨男人喜欢的眸子,细细的、闪着阴险的光。在闷热的房间暗处,她那厚厚的高鼻子、蛞蝓般温润的唇、丰满的脸型和发式,鲜鲜活活晃动着,令病态的佐伯产生官能兴奋。

二三十分钟后,他上到确定为自己的房间的二楼六叠大房间里。等帮忙把行李和书包扛上来的寄食学生铃木下楼去之后,他就躺成一个大字,皱着眉头凝视屋檐外的暑天。

接近正午的日光充溢着蓝天,远处本乡小石河高台的房屋和树木,在大地蒸发的热气之中,朦朦胧胧冒着烟,电车声、人声等各种噪音变成一股声浪,从远方低处呜哗呜哗地传过来。他一边想,无论逃往何处,都不得不再忍受半个月如丑妇缠身般的苦夏,一边在心里描画照子那方形蒸饼似的脚丫子。自己的居所被想象成处于十二层高塔顶端。

东京也来过两三次了,学校尚未开学,他没有兴趣外出看什么东西,便日日如是关在房间里,抽他的劣质香烟。抽完一支敖岛,口中干燥不舒服,马上就哇啦哇啦呕吐起来。即便这样他也不在乎,歪着嘴巴、淌着泪水,固执地吸个不停。

"哟,这么多烟头,表哥你不停地抽烟么?"

照子有时上楼来,看见烟灰缸便说道。傍晚洗过澡之后,她穿一件醒目的蓝色水滴浴衣上来。

"脑瓜子散步的时候,得用一下香烟这种拐杖哩。"

佐伯苦着脸,说些不好懂的话。

"可我妈挺担心你的。她说阿谦抽得那么凶,别把脑子弄坏了才好。"

"反正脑子已经坏了。"

"我看你倒是不大爱喝酒吧。"

"唔……怎么说呢……你别跟舅妈说,来看看这个吧。"

说着，他从上了锁的书柜抽屉里取出一瓶威士忌酒给她看。"这是我的麻醉剂。"

"如果是失眠症，安眠药可比酒要管用。我也偷偷地喝过的。"

照子像这样子会随便聊上一两个小时才下楼去。

暑热日渐减弱下来，他的脑袋却一直未得清爽。后脑痛得厉害，自脖子往上像一块烧红的石子火辣辣的，每天早上洗脸时，头发便脱落不少，贴在湿乎乎的脸颊上。狠着揪它一下，一大把就揪掉了。脑溢血、心脏麻痹、发狂……各种各样的恐惧齐集到心窝边上，他全身剧烈地颤抖起来，十个指头一直打着哆嗦。

一周后的早晨，他穿戴上了崭新的校服、帽子，鼓动着没有了弹力的心脏，勉勉强强地上学去了。但只坚持了三天，他便烦腻透了，打不起一丝精神。

世上的学生们常常得拼争一个席位，挤到教室里忘乎所以地记那些没有意义的笔记。他们笔走龙蛇，不放过教师的片言只语，默默地、机器一样用着功的那副面孔，从朝到晚可怜地苍白着，令人不忍心多看一眼。可这些人还颇自以为是，并不明白自己是多么难看，多么凄惨，多么不幸吧。教师往讲坛一站，轻咳一声，开口道：

"……嗯，今天接着上一节课讲……"

话音未落，济济一堂的头颅唰一下俯向桌面，数百只握笔的手一齐在笔记本上驰骋开来。讲义跨越了人们的心思，直接地由手传至纸上。变成了样子丑陋、粗鲁不堪、怪异的无所谓的符号似的文字，再传至纸上。只有手是活的，工作着。在偌大的教室之中，鸦雀无声，所有的脑髓均已死亡，只有手活着。手以一种令人惧怕的疯狂气势盲目地、急匆匆地不停地写字，只听见将钢笔插入墨水瓶的咯吱声，或者哗啦翻过纸页的声音。

"好啊好啊，快点变成傻子吧。越早变成傻子就越能获胜。可怜的诸位，变成了傻子的话，就不必这么操劳啦。"

在某个地方，也能听见说这种背后话的人的声音。他人如何就不知道了，但佐伯耳边一定有说这种背后话的人，所以对于胆小的他来说，实在太可怕了。因为就在舅母跟前，他只好无奈地花上半天到图书馆去，或到水池周围溜达。一回到家，他照旧在二楼躺成个大字，冈山艺伎的事、照子的事、死亡的事、性欲的事、八辈子扯不上关系的种种问题，便自然而然地浮现在脑际。他躺着不动，在枕头边放个镜子，仔细打量自己粗糙的、尽是骨头的眼睛鼻子，试着判定自己的命运。当他觉得恐惧时，便急急地灌起抽屉里的威士忌。

似乎恶性的病毒已随着酒精入侵大脑和躯体了。曾经想过来到东京之后，请个名医看病的，但现在已经没有心情打针吃药了。他甚至连麻烦一点、恢复健康的精力也失去了。

"阿谦，一起去看歌舞伎么？"

舅母常常在星期日邀约佐伯。

"真是难得的机会，不过我一到人多拥挤的场所，不知怎的恐惧得不行……其实我脑子里有病。"说着，他做了个烦恼着抱着脑袋的姿势。

"你总是无精打采。我想你会去的，才特地等到星期天去。哎，我看问题不大，走动走动。来，去看一看嘛。"

"人家说了不喜欢，还硬要拖人家去。妈妈只管自己自在，一点也不理解人家的心情。"

照子在一旁责备似的道。

"可这人也有点怪吧。"舅母一边目送逃上二楼去的佐伯的背影,一边回头对照子说,"又不是猫呀老鼠的,害怕人,这不是挺奇怪的么?"

"那是人家的心情,道理上说不通的么?"

"据说他在冈山挺放荡的,可能有点收敛了吧。这是读书人的寻欢作乐,可想而知的,可见完全不谙世故呢。"

"阿谦也好,我也好,学生期间都是孩子而已。"

照子说着,现出嘲笑的、厌恶的眼神。结果,母女俩就由女用人阿雪作陪,委托寄食学生铃木看门,便出门而去。

铃木每天早上和佐伯在相同时刻提着饭盒到神田边的私立大学上学。在家里的时候,他总是守在大门旁边四叠半的小房子里,读着什么东西,好像很能下苦功。双眉紧锁,灰暗的脸总是绷着,早晚烧烧洗澡水、扫扫庭院,显得不甚情愿,慢吞吞的。他的头脑不大灵光,无法了解他平时都想些什么问题,但若被舅母或阿雪责备了一下,则必涨红着表情迟钝的脸,翻着白眼,斜着疑虑深深的眼瞪人,毫无疑问是发怒了。他总是心有不甘似的自言自语。

"一看见铃木,就觉得家中闹鬼似的。"

舅母的话不算过分。铃木人是蠢,令人讨厌的是其阴险、多疑之处。据说他小时候才华出众,舅父生前对他颇有期待,收他在家里,若将来果然出色,就将照子许配予他,铃木对这个随意的暗示坚信不疑,拼命刻苦学习,其间便成了这副傻样。至今他仍对照子唯命是从。佐伯心想,他一定是迷上了照子,陷于 onanism① 的结

---

① 英文,自慰。

果，变得痴呆的。不但铃木如此，连自己接近过照子之后，也觉特别费脑筋，像是变蠢了似的。事实上，和她交谈过之后，就觉得身心、四肢俱疲。她似乎有搅乱男人头脑的手段……佐伯想着这些事。

咔吱、咔吱……楼梯响起沉重的脚步声——一天晚上，铃木上二楼来了。时值九月底，一个地道的秋夜，蟋蟀已在歌唱。以舅母为首，女人们都外出了，在寂静中，能听见楼下座钟的秒针轻轻移动的滴答声。

"您正在学习吗？"铃木一边说，一边坐下来仔细打量屋内一番。

"不。"

佐伯欠欠身，颇为意外地看了看铃木的神色。这个极少与自己打招呼、不爱讲话的男人，有什么事要罕见地上二楼来呢？

……

"夜晚变得太长了呀。"

铃木用难以听清楚的暧昧的声音絮絮叨叨地说着，不一会儿便闷声不响了。涂抹了过多发油的头发，在灯光下溜光发亮。漆黑、粗壮、像生姜似的手指头一抽一抽地动着，默默地在膝盖上打着拍子。看来他有些事想谈一谈，觅得个家里人都外出的好时机，特地上来的，却颇难开口的样子。佐伯似乎感受到很大压力，不由得心烦气躁起来。看他的模样有话要说，却磨磨蹭蹭，左思右想。有话只管说嘛。佐伯在心里说道。

可铃木还是不开腔。光有一句"你只管学你的好了，我自己随意坐坐"，视线落在榻榻米的格子上，上身轻轻摇晃起来。……夜晚很安静。木屐声清晰可闻，远处本乡大道的电车声也如钟表的余韵嗡嗡回响。

"事出突然，我有点事想冒昧请教一下……"

铃木终于开口了。他依然盯着榻榻米，摇晃着身体。

"……也并非其他，其实就是关于照子小姐的。"

"什么事你就说吧。"

佐伯尽量装出满不在乎的样子，说话的声调高了一些，显得咽喉里有唾液积存，说话声音被压瘪了似的。

"还有一件想问的事，就是你究竟有何缘由进入这个家？"

"缘由？我和这家人是亲戚，离学校也近，挺方便的。"

"仅仅如此么？你和照子小姐之间，不存在某种关系吗？例如父母之间给订下了婚约之类的。"

"没有这样的婚约。"

"真的么？实话实说吧。"

铃木带着疑惑的眼神，张开牙齿参差不齐的嘴顾自傻笑着。

"就是没有嘛。"

"噢，即使是这样，如果往后你表示希望的话，也可以谈婚论嫁的吧……"

"如果我提出这种希望的话，舅母可能会答应也说不定，但她本人就不知道了。而且我目前还不打算结婚。"

佐伯说着说着，渐渐生起气来了，感到自己变成了傻帽的一方。他心中直冒火，几乎要大声训斥一番了，但又忍住。他还对对方把笨脑筋发挥得淋漓尽致而多少感到愉快。

"不过无论是否结婚，总之你是喜欢照子小姐的吧？不可能讨厌她的。在我看来就是这样。"

"说不上有什么讨厌的吧。"

"不，还是喜欢的吧。或者你爱上了她？这就是我想问你的。"

铃木说着，不怀好意地绷着脸，一边眨巴着眼睛，一边监视般注意着佐伯的一举一动，仿佛对方不坦白交代便不罢休。

"爱上了她，这怎么可能——"佐伯怯怯地开始辩解道，但不知何故他中途突然大光其火，"你对这种事刨根问底纠缠不休究竟想怎么样!？爱不爱是我想怎样就怎样，你管不着，管不着!"

佐伯明白自己说话之时，心脏扑通扑通狂跳，血一下子直涌上头。铃木没有想到会遭受针锋相对的迎头痛击，噘着嘴的脸逐渐开始维持不住那副凶巴巴的模样，最后变成了凝滞的、有点骇人的笑容。

"你生这么大气就麻烦了。我只是想忠告你而已。照子小姐可不是个普通女人哩。平时假装老实，心里头根本没把男人当一回事。其实这话是极秘密的……"

铃木压低声音，凑上前来，博取同感地说："可能你也知道的吧，她不是处女了。我看她已经跟各种各样的男学生有过关系了。首先，因为她以前和我也有过关系……"

他等待对方作出反应，但佐伯什么也没有说，他便接着说道：

"不过她倒绝对是个美人。我是为了她肯把命也丢掉的。照子的父亲活着时，的确说过把她给我的。尽管的确曾说过，但事到如今，她妈的想法似乎已经改变了，所以刚才我就问了你那个问题。总之是她妈不好。父亲说定了的事，现在要反悔，这不是不讲理么？如果她要这么想，我也有准备。总之这照子的心思我比她妈更清楚。她是非常冷酷的，有心戏弄男性，却从不堕入情网。所以，只要死乞白赖地紧追不舍，她肯定坚持不下去，无论跟谁她也得结婚。"

铃木喋喋不休地反复说着这些事，没完没了，突然，前门的格子拉门嘎啦嘎啦地打开了，传来了三人的脚步声。铃木急急地丢下一句："今天说的千万要保密。"便下楼去了。

约一个小时过去——快十二时了，众人沉沉睡去，四周一片静静之时，舅母在法兰绒睡衣外加一件短外褂，摸上二楼来。

"阿谦，还没睡么？"说着，她在佐伯面对的桌子一角托腮沉思。一只手从怀里掏出烟盒。"刚才铃木上二楼来了吧？"她挺认真的样子。

"噢，来过。"

"果然如此。怪不得我回来时，见他从二楼匆匆忙忙下来的样子好怪，照子就说：去问问看。他跟你话不投机的嘛，这不是挺怪的么？究竟说什么了？"

"就他自己在那里说些不着边际的蠢话。真是个大笨蛋。"

佐伯难得一见地心情爽快，说话流畅。

"又说我的坏话吧？真拿他没办法，我还得在外头走动办事哩。哎，那家伙脑瓜不行，尽使些偷鸡摸狗的小伎俩——又是说你和照子之间如何如何吧？"

"没错。"

"那不用问就大概知道他说了些什么了。一有小伙子和照子认识，他马上就要问人家。这是那家伙的毛病，你别当一回事。"

"我没有什么特别的感觉。不过，舅母也够烦他的了吧。"

"这烦也是……"

舅母双眉紧锁，噗地将烟管往烟灰缸一磕，又接着说下去。

"因为这家伙，我还不时做噩梦呢。自你舅父去世之后，曾有一次要他离开，可他那时恨我们母女，每日身怀利刃，在这周围徘徊，弄得四邻议论纷纷。好像我们做了多么过分的事似的，很没面子。如果不让他入家门，恐怕放火的事儿也干得出来，没有办法，只好又让他回来。尽管照子说，铃木这人胆小，尽弄些小把戏来吓唬人，我觉得并不完全是这样吧。哼，那种人，动不动就会杀人的……"

佐伯突然想象被法兰绒包裹着的、滚圆的舅母的身体被脖子后面的头发或其他东西捆绑得紧紧的，砰地重重摔倒，变得血淋淋的，发出惨叫的情景。如果她胸部那如同大象耳朵般垂下的乳房旁边被利刃嚓地插入，将会如何呢？笨拙的肥腿肌肉抽动着，萝卜似的手脚张开着，啪嗒啪嗒地在地上爬来爬去，最后那煞有介事的表情从眉间被割裂开，像熬干的牛肉火锅那样被杀死了，将会如何呢……

"叮当"，楼下的座钟敲响半点报时。四周万籁俱寂，寒气侵人。舅母正说到兴头上，不时用烟袋锅去搅动一下烟灰缸里的灰。灰堆散乱作种种形状，不时可见着流萤似的火星，不过要烧着香烟并非易事。

"……所以我也担心得很。照子她早晚也非得嫁人的么，叫那个笨蛋又不知会干出什么事来……"

看看香烟算是燃着了，从舅母鼻孔里喷出的白色烟团便和她的话一起滚滚而来，在二人之间飘荡、弥漫。

"而这照子一谈到她的婚事，便一脸不高兴，我也拿她没办法。这些你也能看得到的。我也够不在乎的了，可那孩子更加不在乎。都已经二十四了，真不知她究竟怎么打算的。"

舅母一改平时生气勃勃的样子，显得颇为委顿无奈，将一肚子怨气发泄出来后，十二时一敲响，她便收住了话头：

"事情就是这样，不管铃木说些什么，你都别理他。跟那家伙打交道，到最后连你也恨了——哎，太晚啦，阿谦，你也休息吧。"

说着，她便下楼去了。

翌日一早，佐伯到浴室去洗脸，光着脚丫清扫庭院的铃木从浴池边的木门慢慢走进来。

"早上好。"

佐伯有点意外，特地示好地向他搭话，但铃木似乎很生气的样子，好一会儿不作声，两颊涨红。

"你把昨晚的事都说出去了吧！别装不知道了。我从那以后一刻也没睡，一直探听着动静。太太千真万确是上二楼去了，一直谈到过十二时。现在我和你是敌对关系，所以自此以后没话可说了。你跟我说什么都没有用，好自为之吧。"

他说着，愤愤然离去，但一走出了浴室，他又若无其事地扫起院子来了。

"这下子我身上也要闹鬼了。"

佐伯心里说道。那家伙人家越是对他好，他越认为是仇敌，要伺机加害的。说不定自己就会死在他手上。无论如何为他着想，尽量远离照子，越是诚心相待，他就越恨你，最终不免要动杀机。当专注于如何避过杀身之祸时,自己将逐渐陷于与照子的恋情之中,仍旧难逃一死……

铃木仍在打扫院子。结实的、颇有蛮劲的手握着扫把,撅着屁股打扫院子。要让他那身体压住,我可就动弹不得了。种种乱七八糟、不着边际的恐惧情形,在佐伯头脑之中模模糊糊地折腾着。

十月份已经过半,学校的课程已上了不少,他的笔记本却没有厚起来。"今天其实不来也行",或者"今天我的感觉不行",他渐渐厚着脸皮寻找理由,三天两头就逃课。早上睡着很不像话的懒觉。只要有空闲,便钻进被窝里,睁着野兽般贪婪的眼睛,凝视着天花板,迷迷糊糊地想事情。流过大脑的血液一跳一跳地在枕畔回响,眼前有无数泡泡纷纷扬扬,或者就耳鸣一通,身体像被拆成一段一段似的慵懒的日子持续着。偶尔闭目小憩一下,也会做无数个极官能性的、奇怪而荒唐的梦。而这些梦在醒来之后仍残留在感觉中。天气好的日子,碧蓝得令人气恼的天空,从南边窗户进来窥探他混乱不堪的脑袋,令他再难生放荡之心。以这般衰弱的身体,连着两天尝试刺激强烈、糜烂的寻欢作乐的话,可知是必死无疑的。

照子每天要上来二楼好几次。一个大块头女子在枕头边用她的平足咯吱咯吱地走,佐伯觉得被踩踏的仿佛就是自己的身体。

"我每次走上楼梯,铃木的眼神便变得好怪,我就更加有意要气他。"

照子一边说,一边就在佐伯跟前坐下来说:"这两三天感冒了。"然后嗤嗤地擤起鼻涕来。

"这种女子一感冒，就变得特别的 attractive①。"

佐伯心里想着，抬眼让视线从额头方向去观察照子的容貌。偏长而宽阔的脸盘，像乱吃了东西似的脏兮兮，嘴唇上方潮乎乎的有一块糜烂。佐伯感觉一股暖烘烘、活生生、底力强劲的气息降临到他的脑袋上，他一边觉得烦躁，一边噢噢地漫应着，阴沉地眺望着那系着和服带子②的高高的胸脯，每一呼吸便颤动一下。

"表哥——你自从被铃木揪住之后，我来的时候你总没有好脸色。"

照子嘴里说着，猫下腰顾自坐下来。

大概是没有洗澡的缘故吧，她搁在膝盖上的手指头黑乎乎的。那只面积宽阔的大手板说不定马上就要抚摸到自己的脸上来了——佐伯心里想。

"我觉得要死在他手里似的。"

"为什么？他有什么杀人行凶的迹象么？他并没有仇恨你的理由呀。"

"倒是没什么理由。"

佐伯慌忙掩饰似的说道，但总有点不自然，说话时没有看照子的脸。

"不过，尽管没有什么理由，那家伙说恨谁就恨谁的，拿他没有办法。我只是无缘无故地感到要被人杀掉。"

"放心吧，他并不是做得了那种事的、干干脆脆的人哩。不过要说杀人的话，首先该是我妈啦。他好像从未想过要杀我的样子。"

---

① 英文，有吸引力的。
② 厚丝织的宽幅筒状带子。

"那家伙很难说。俗话说'爱极成恨'嘛。"

"不,的确不会杀我的。连被逐出家门那阵子,也只是吓唬我妈。我白天晚上都如常外出的,他从来就没挨近过我。"

照子悄悄向前探出身子,像是要趴下来似的。

"而表兄会遇害这种事也绝不可能,哪怕二人之间曾有过……"

佐伯突然露出恐惧的神色,用焦躁的口吻冷冰冰地说:

"阿照,我觉得头很疼,待会儿再来说话好么?"

照子刚去没多久,又上来了女用人阿雪,在房间里偷偷摸摸地寻找什么东西。

"小姐说是把手帕忘在这里了,您知道在哪里么?她说那是擤鼻涕的脏东西,要我来拿……"

"忘在这里的话,应该就那边吧。我倒没有发现。"

佐伯淡淡地回了话,便背过身睡去了。之后等阿雪稍为找了一下下楼去了时,他随即又爬起身来。他一边留心着楼梯方向的动静,一边胆怯似的缩着肩,从褥子下抽出一条手帕来,用拇指和食指拈到眼前。

叠成四层的手帕,像紫黑色的切菜板似的湿湿的、黏黏糊糊,一打开来,散发出伤风感冒者用过的特别的气味。这块被清鼻涕湿透变得凉津津的布,被他夹在两掌之间滑溜溜地摩擦一会儿,又在脸颊上贴上一会儿,最后,他紧皱眉头,像狗一样伸出舌头舔起来了。

……这是鼻涕的味儿。舔起来有点熏人的腥味,舌尖上只留下淡淡的咸味儿。然而,他却发现了一件非常刺激的、近乎岂有此理的趣事。在人类快乐世界的背面，竟潜藏着如此隐秘的、奇妙的乐园。……他一咬牙，将嘴巴里的唾液都吞咽下去。一种被挠得舒服的快感，像陶醉于香烟般渗透了大脑，在一种将被猛地推落疯狂的深渊的恐惧驱使之下，他不顾一切地狂舔起手帕来。

过了两三分钟，他又将手帕小心收入褥子下面，抱着目眩般混乱的脑袋，陷入忧郁暗淡的思绪之中。"照此下去，我将被照子所摧残。那女子以她蜥蜴般修长、柔软的躯体，和铃木一起如乌云般笼罩在我的命运上。"

第二天早上，佐伯一起床，便迅速将手帕塞入西服里兜，鬼鬼祟祟地逃过铃木跟前似的上学去了。然后将厕所门紧锁，在里边将手帕打开，或放在水池边的杂草中，像野兽啃咬人肉般摆弄不休。不久又被难以名状的、淡淡的愁绪所笼罩，铁青的脸上带着凄楚，溜达着返回家。其间，手帕已干透成漂亮的黄色，不留一丝鼻涕痕迹。

正当他一副"该投降了"的模样时，照子还如常地上二楼来，针扎似的刺激着佐伯的神经。那银丝般的眼神，嘴边泛起既似讨好又似嘲弄的微笑，一番近身的争持，佐伯不由得认为手帕一事可能已被看破，处处规避，但仍被捉弄、滋扰一通。在那柔软的大块头、有光洁发达的四肢的肉体之下，佐伯被挤压得灵魂出窍。无论如何挣扎、焦虑，无可逃遁的苦闷令他一边露出乞怜般的眼神，一边想以呻吟般的声音怒骂"照子这荡妇！"，但又随即变成了不甘认输的嘲笑：

"无论你怎样诱惑我，我怎会投降？我手上有一个她和铃木都不知道的秘密的乐园。"

恶魔(续)

佐伯有种脑子日渐变坏的感觉,对于癫痫、猝死、发疯等的恐惧始终郁结在心,挥之不去。不单如此,他还越发主动地撒下担心的种子,使自己处于面对愚不可及的事情也战战兢兢的状态下度日。一天晚上,舅母提及安政的地震①,煞有介事地预言近期就是再次发生大地震的时期,佐伯无意中听见之后,变得非常神经质,只要遇上些微房屋响动,心脏便扑通扑通地狂跳不已,全身血液都冲上脑壳了。当震动一停,他便毫不犹疑地、连滚带爬地冲下楼梯,飞奔入洗澡间,打开水龙头,让水从发热的头顶浇下来,好不容易才将兴奋得血管要爆的心绪镇定下来。随着恐惧日渐严重,即使周围没有动静,他时不时也会觉得地面在摇晃。哇,地震!他脑子里一闪这念头,便不顾一切地摇晃着站起来,忘乎所以地碰壁撞柱,仓皇无着,直至最后舅母在楼下怒吼:

"阿谦,你究竟在二楼干什么?!"这时,佐伯才一边内腿打战地走下楼梯,像以往那样去浇凉水,一边做出若无其事的样子答道:

"这脑瓜子疼得我够呛。"

要说那一瞬间的恐惧,与真正发生地震时无异,脸上充血变得通红，心脏扑通扑通地跳得很不正常。

"头疼也不必把房间弄得乒乒乓乓的吧？这阵子你是有了什么心事吧？"

"没有。"

他一边说，一边为躲避舅母的追究，蹑手蹑脚地又返回楼上。

虽说本乡的地基牢固，但由于舅母的家建在斜坡上，万一地震是很危险的。无论如何设法，住在这里二楼的日子，遇上大地震毫无指望。尽管房子建得挺扎实，但连块头大的照子上来，也弄到咚咚响的程度，要是碰上地震这种大事，将是不堪一击的吧。舅母被泥灰墙仓库的土墙压伤，嘴里惨叫着"哎呀"时，不孝的照子迅速逃命。愚钝的铃木可能逃跑不及被房梁压住，但这种人不会仅此便丢命的。看来只有自己一人与舅母共命运了。……这样一想，他感到极其危险的二楼房间成了牢狱似的。

大地震究竟几年发生一次？关于这一点，佐伯希望了解权威的说法，确认有关问题。有一次他跑到绝少去过的大学图书馆，劈里啪啦将卡片、目录的小抽屉都翻遍，借来小山般大堆有关书籍，苦读一整天，还是不得要领。总之依大森博士的说法，不可能预测大地震发生于何时何地。自古以来，东京已有过几次大地震，但也不能确定地说，将来必定还有，也不能确定必定没有了。总之很暧昧。尽管胡猜"今年将有大地震"，因而惶惶不可终日是件蠢事，但只要不知道何时会发生，担心也属正常的吧。

佐伯心里总觉得这位大森博士多少知道大地震要发生的时期，

---

① 安政二年（1855年）在江户（东京）左近发生的大地震，死一万余人。

却有意隐瞒着。身为博士，即便有个大体的预测，由于不能明确指出是在何日的几点几分，或者由于不能作出有根有据的科学说明，担心白白惊扰了人们而不予发表吧。总觉得讲义之中隐约透出这样的口吻。万一真的是这样，事情就严重了。人心惶惶并不要紧，学术上的根据也不要紧，不要无聊地客气了，尽快告诉我大致的情形吧。……越是这样向坏的方面推测，佐伯便越是觉得有些怕，此刻更加悲叹无知识的人的可悲。于是，他为是否拜访单身博士的私邸而心烦。

"总为这种无稽的事情苦恼，自己在这个世上还能活多久？"他觉得自己是无法安稳地度过今年的年底了。每天每日，早晚心脏要狂跳五六次，浑身的神经颤抖不已，总在表演稍有差错便会发疯的危险杂技，这命还能保多久呢？千方百计地钻进命定要袭来的恐惧大潮之中，盲目地苦恼一番，逐渐耗尽精力的惨情，佐伯有时也顾影自怜，潸然泪下。可恨的命运已逼近前来，时时刻刻在等待着他。

过了天长节，晚秋十一月的天空一碧如洗，到了二楼窗户能望见上野森林的树梢泛黄的时节，佐伯总算还活着。他仍然经常逃课，总拿脑袋去蹭墙壁下裱褙纸处，像戴枷的囚犯般百无聊赖地辗转反侧，抽烟喝酒，好不容易才麻痹了不安分的神经，抱着石头一样的脑袋，时不时还抓来些旧的文艺俱乐部或说唱读物，满有兴致地读起来，但当照子偶尔上二楼来时，便慌忙将书藏到褥子下面。

"表哥，你刚才在读什么书？……你那样子收藏起来，我也知道的呀。"

有时照子一边说，一边就坐在二楼的窗台上，将两条长腿搁在躺着的佐伯眼前，然后鼻孔里轻轻哼哼着笑起来。

照子这样的笑法，以前是只对母亲和铃木才使用的，但这一阵子对佐伯也时时使用开了。

"让人看见了不好意思？"

照子两手伸进窗子的上框，俯下蓬起发式的头，像逗弄脚边小狗般俯视佐伯的模样。以往脏兮兮的脸蛋今天晶莹剔透好看得很，令人回味的轻柔举止使人联想到糯米团子那样的东西。大概是身体状态不好吧，连颇有肉感的鼻子和脸颊也像西式点心的果汁软糖般白白的，失去了光彩，只有嘴唇通红，惹眼地湿润。从大岛的龟甲形碎白道花纹布衣的底摆，伸出两条粗腿到榻榻米上，近乎个十字；一枚白袜的扣别子有点儿脏，嵌入了饱满的脚踝，就要撑坏了。佐伯看过这些，眼神就像一头被投饵的野兽，在心里面叫喊道：

"畜生！又跑来搅乱我的头脑了。人家好不容易才读得进去，又来添乱。"

佐伯将正在阅读的《高桥传》评词本正正地压在屁股下面，故意卖个关子道：

"要是我让你看这书，你比我更加不好意思吧。"

"究竟是什么书？"

"Obscene picture①。"他说着，不怀好意地笑嘻嘻的。

"没关系。怕什么，你只管拿出来让我瞧瞧。对那种东西有什么不好意思、少见多怪的……"

突然，佐伯发现照子的脸变成了可怕的 obscene 的表情。他想

---

① 英文，情色图片。

起了铃木曾几何时说过"其实以前和我也有过关系"的话，心想这女子的神态并非没有根由的吧。尽管她伶牙俐齿，如果真让那寄食学生铃木玩过一把，亦可谓大快人心了。

"有道理，现在的女学生挺了不起的。像你这样的女孩子要是去做艺伎，一定生意兴隆。"

一吐胸中块垒之后，佐伯深深吸一口烟，躺卧着留意起自己的前胸一带。他很清楚，虽然刚才的话很损，但事实上照子听了这种话反而更添气焰，洋洋自得起来。佐伯连自己都糊涂了：自己真的是嘲弄了她抑或在奉承她？他俯下的脑袋感觉到女人的视线正射向他的额，几乎产生疼痛的感觉。不知不觉间，《高桥传》已从臀下转移到后背的位置，在肩部一带移动。佐伯就像被捆绑的人那样动弹不了，用咬住不放似的余光盯住这女子。

"表哥为人正派却偏撒谎，有点儿像铃木哩。"

照子嘴角浮现微笑，眼珠子骨碌碌地转动着，凝视着男子的头部。那模样，如同自下而上端详镰仓大佛时一样，显示出一张不明所以的、大而具威力的脸。佐伯像被洞悉一切似的心脏狂跳起来，他竭力装成不明白：

"咦，我不明白我撒了什么谎。"

"什么 obscene picture 嘛，骗我可不行呀。我知道是什么。"

"知道就完了嘛。"

他的声音不禁微微颤抖起来，胆怯似的闪烁其词：

"趁人家不在家时偷偷地搜遍房间，谁也能知道的嘛。女人的聪明不外如此吧。"

佐伯原为责备她而说的，话刚出口身体便哆嗦了一下，连耳根也变得通红，眼泪莫名地涌上来。

"彼此彼此嘛。表哥你不是在偷读怪书么？"

照子看见佐伯那副要哭的脸之后，突然间来了精神，用更加怜恤的温柔腔调，说出些可恶的话来。

"其实，前不久我翻过表哥的书箱。属参考书一类的一本也没有，只有五六册评词本。我弄不明白你们怎么会对那种书感兴趣。我觉得和现在的人不对劲儿的嘛。我这话可能是多余的。表哥近来是怎么回事？让人从旁来看也真替你担心。"

佐伯讨厌她落落大方的举止、假装担心的表情，她侃侃而谈的话刚听了一半，他已经坐不住了，直想将手指插入耳朵里，把听觉搅乱。等照子说完话，他才像电闪雷鸣已过一样喘了一口气，说道：

"如果觉得评词本有趣的话，就成不了现代人了？其实女人并不明白总体上现代人是怎么样的。"

"要是那样，你为什么要费那些周折撒谎、隐瞒呢？"

"你真是很了不得哩……"

正要用一句辛辣、发狠的话来一笑了之，但充其量也只是如此平凡的牢骚，他的腔调渐渐变得哀怨——

"说你'了不得'，好歹该知足了事了吧？像你这样的女子，没有权利不问情由地闯入我等之中，妨碍人家、干扰人家。究竟是谁、从何时起允许你有此权利？"

佐伯两手按着颈脖，措词像呻吟似的："和你一交往，铃木也好，我也好，脑瓜子慢慢都变蠢了。因为你的缘故，我的神经衰弱自来东京之后，变得严重多了。管它是不是现代的，我实在没有耐性去读比评词本复杂的书了！"

"要是我那么妨碍着你……"

"总之，就拜托你少上二楼来好么？"

说完，他牙关紧咬，双目紧闭，像死了般沉默起来。心悸的老毛病犯得很厉害，急速的喘息连对方也清晰可闻。照子不作声地坐了一会儿，临走时说："如果是我不好，就请你原谅吧。不过，我是很明白表哥的心情了。"说完便悠悠地下楼去了。

佐伯再没有从屁股下抽出《高桥传》来读的勇气了。将自己卑微、污秽的脑子残酷地暴露在明亮处，让人毫不容情地轻蔑，一想到这里，他便难堪到无以复加了。

为了消解这种难堪，他从褥子上伸手到书桌抽屉里搜寻袖珍威士忌酒瓶，然后将下颌抵在枕头上，用铝杯一口一口喝起来。趴伏的时候可能是姿势不对劲，各处关节都疼痛。……用手肘支撑上半身的话，手腕很快便支持不住了。干脆便放下双臂，让前胸贴着褥子，喉结紧贴着枕头，这一来不单喝不上酒，连呼吸也困难。稍微拱起背部，下腹又压迫得难受，膝关节弯曲着不舒服。试着看如何将五体安置得舒服些，但在力量的均衡方面产生了在某处压了重物似的难受之处。

一滴不剩地喝干之后，佐伯将空瓶扔了出去，与此同时打了个大大的哈欠，并翻过身来成仰卧的姿势。这样痛快的醉意是近来所没有的。所谓"痛快"当然是个程度上的问题，他希望的只是表面的、酒醉时的爽劲，尽量不去联想弄脏了被褥呀、手足发汗湿津津呀、睡衣污迹斑斑呀、连续两三天为照子之梦所苦恼呀等等，一切忌讳的事物。

约三十分钟里，他做了各种各样的怪梦，但总是一梦便醒，循环往复,最终成功地沉沉睡去。尽管如此,他安静的睡容仍不时掠过不安的影子,令他的眼睑不住地跳动,睫毛颤抖。他记得傍晚亮灯之后不久,阿雪曾上来通知他吃晚饭,叫醒过他。

"唔,知道了,知道了。我今天不大舒服,不吃饭了。粥?粥也不必了。"

他从蒙头的被窝里含混不清地说了这些话,又继续睡。

然而,之后便睡不大好了。虽然仍有十足的睡意,但足足翻来覆去两三个小时之后,终于眼睁睁地醒过来了。从头顶的玻璃窗,可以看见几颗星星在闪烁,很好看。壁橱的暗处,像是老鼠的东西弄出声响。他又从屁股下面抽出《高桥传》,马上就读完了,这次便从书箱底找出本《佐竹骚动妲妃之阿百》。

这一本与《高桥传》一样同属评词本,封面上是石版印的,妲妃之阿百头发散乱,嘴里衔一把短刀,露出白白的腿、红红的衬裙,正要从船舷上往海里跳。从艺术上而言可能不值三文,但近来的佐伯却对这样的画极感兴趣。在汹涌的蓝色波涛的包围中,眼看就要触到水面的女子脚丫的曲线、妖冶的眼神、手腕脖颈等等,刻画得颇为传神。看着这些画,书里的内容——自然就联想到各种各样复杂、残酷的故事情节,触动了他的灵魂。

打开书本,读下去,渐渐感觉到有趣。

下一章的情节,将描述从此时起,小生①演的阿百逐渐显露其毒妇的本性,残忍地将桑名屋德兵卫杀害于十万坪……

---

① 指第三代的柳家小生(1856—1930),落语家(相声表演家),本名丰岛银之助,在移植大阪落语到东京方面有贡献。

这些话勾起了他的好奇心，他瞪着愚钝的双眼一口气读下去。

……当其时，十万坪真是荒凉，四周空无一人。不时还哗哗地洒下雨滴。阿百心想时机正好，趁德兵卫不留神之际，说时迟那时快，拔出早就藏在腰带里的短刀，唰一下刺入男人的腹部。哇地惨叫一声，德兵卫想逃，但因为背着沉重的行李，动弹不得。"哎、哎、哎哟，这是要杀我呀。""德兵卫，你活着就会妨碍我出人头地，所以你虽属无辜，但非死不可。事至如今也是因为你的愚蠢造成。废话少说，我送你上西天！"说完，她揪住德兵卫脖后头发，将他乱刀砍倒……嗤一下割断咽喉，抛尸河中。……

佐伯突然伸手摸摸自己的喉结处，轻轻按一下。正如旧沙发的弹簧一样，皮下突起一块滑溜的骨头，当它被轻薄冰凉、闪着寒光的利刃剜割时，将会怎样呢？中学时代，他曾学过这个突起之物英文名，叫做 Adam's apple。据老师说，该词源于这样的传说：从前亚当吃苹果，苹果塞在咽喉里，于是人类便有了这块突起。他一边想，自己竟记得这样的怪事，一边仍旧翻着书页往下读。

他被吸引着一口气读了几页，当读到阿百终于成了佐竹侯的侧室，与凶狠的家臣头目那川禾女私通，家中闹出轩然大波的段落时，二楼突然咯吱咯吱摇动起来。不好，是地震！暂且忘却的恐惧猛烈地冲击了他，他不顾一切地从褥子上蹦起来。

抬头一看，只见照子不知何时起站在楼梯口处笑眯眯。她身穿碎白道花纹的捻线绸睡衣，缠绕般地扎了窄腰带，妖艳地敞开着领口，光着脚，像个领班的妓女似的无精打采地站在灯罩的暗影处。

"你走上走下时小声点行不行？像地震似的。"

受骗的恼怒和受惊的感觉混杂在一起，他劈头便给她几句不客气的话，但他已感到为孕育后面的某件不寻常事件撒下了种子。

"可我要是悄悄上来，反而对表哥你不合适吧。"

照子突然大模大样地挨近枕头边来，说道："让我看一下——这是什么书呀？"她坐下时将寝具的一角垫在膝下，按住佐伯般地夺过评词本。

在巨石般的重压之下，他脑袋里曾产生过的对女人的一点儿不服输、憎恨、羞愧，这些感觉都一下子被践踏得七零八落，他想挣扎出诱惑之网的满心恐惧，变成了不顾自尊的哀诉之声，在女人的脚边瑟瑟发抖。

"阿照，你怎么这样子呀？你是我的表妹，坐到那边去好吗？"

佐伯双手捂着脸，低着头说话。

"你是一个恶魔。……人家好不容易才读出一点趣味，你不要打搅好不好？我已经承受不了比这更强烈的刺激了，在我马上就死去之前，你就放过我，让我安安生生待着吧。"

"你别那么激动嘛。今晚妈妈和铃木都外出了，我想来好好聊上一会儿的。可不准你说什么'不要上二楼来''待一边去'之类的话。"

照子将双拳置于乳房之上，胸部柔软鼓胀，当中探出个下巴，她带点刁蛮的性子说道："表哥，可以把你的心事照直说出来么？反正你要瞒的话，最终还是瞒不住的，就别弄得那么别扭了吧。哎，表哥你那么在乎铃木么？"

照子说着,从和服袖里伸出一只手来抚摩他的后背,并且把脸移近到几乎气息可闻的地步。

"铃木之类的事我并不在乎。我撒谎也好,怎么也好,无非想偷得暂时的安生,保住小命。要劳动我衰弱的身体和神经,绝对得请包涵了。"

在他闭目说着这些话的时候,鼻子嗅到女人敞开了衣服的味儿。然后又感到枕头边的褥子上升起来。肯定是照子坐到他的对面来了。

"明白啦,明白啦。无论表哥怎么打击我,只要我推卸掉的话,就什么事也没有啦。"

女人像念经似的唠叨个不停,用一只手抓住佐伯的手腕,另一只手来掰他捂着脸的十个指头。轻易便将他干瘦的手腕扼过一圈,他的手掌,显得柔软冰凉,戒指像金属的手镯一样,冰凉得刺痛。正在掰手指的手可能刚从怀里伸出来,黏糊糊汗津津,热乎乎地粘贴着。

男人的手指尽管用了很大力,却没有勉强抗拒的打算,被人家像弯铁线那样一只一只掰开来。

"恶魔!恶魔!"

他一连狂呼几声,但一会儿之后睁眼一看,女人的脸比想象中更加逼近地涌到眼前来了。他从未在灯光下如此真切地看过人类的脸。本来就颇宽的脸盘被扩大到视野容不下的程度,白白的如一堵墙壁般地挡着。墙壁的表面总的来说是青色的,肌埋非常粗糙,但并无一般情况下的不好感觉,反而像是隐藏了不可思议的诱惑力。尤其是怪物似的眼球炯炯有神,追逐着佐伯的魂魄。所谓动物电流，大概就是指这样的作用吧。他除了好歹忍受这当场气死般的打击之外，既不能逃，也无可奈何。不胜悲恸般地倒在女人的膝下说道：

"阿照，你的好奇要害死我，让我发疯啊。……所谓女人，就是这样子把男人逐一溶化掉的啊。"

又过了两三日。无论铃木在家也好，舅母在家也好，照子都毫不介意地整天上二楼来玩。

"阿照，你到下面来一下，帮帮我的忙好吗？你这阵子净上二楼去，和阿谦和好了么？"

舅母在楼梯下这么说。

"噢，我们现在好极了。"

照子说，把眼眯得细细的，一边狡黠地笑着，直勾勾地注视着男人。

"哎，你该下去了吧。我这两天承受如此强烈的刺激，居然还活着，连自己也觉得太不可思议了。你在这儿我就不安生，请赶快下去吧。"

佐伯小心翼翼地护着将要破裂的心脏，感受着昏昏沉沉坠落深谷的眩晕和迷惘，对女人说道。他不时感到手尖脚尖像被水泡着似的麻痹，或一侧脑袋会突然被绫罗蒙住似的烦闷。他的身体疲惫如死尸，只有神经颤动着，敏锐而焦躁，黑夜白天都无法入眠，血色越来越差。

第四天的晚上，舅母硬扯着照子出门去了，楼梯又嘎吱嘎吱地响起了阴郁的声音，铃木将他绷着的脸带到二楼来了。他自上次口角之后便再没有和佐伯说过话，相貌则较以前变得更加险恶。茧绸的棉服上结了柞绸的兵儿带，洗得发白的藏青色袜子上，是白棉绒的紧腿裤，带子系得像个孩子似的。

"啊……打扰了，很抱歉……"

话刚出口，一脸的苦相顿时改换成痴痴的笑。变化快得如同曲艺艺人用面孔做各种表情的表演似的。

"……最近，身体可好么？"

铃木说了句不大中听的讨好话，便端端正正地坐下来，两手规规矩矩地放在膝头上。总之是一副令人大感意外的、不知就里的态度。说不定怀里就藏着匕首哩。

"情况还是不大好，真没办法。失敬啦，我也就不客套了，就这么着不动弹啦。"

佐伯横卧着，腋下夹着被子，一只手伸在外面。一边想，"这是当我笨蛋吧"，一边尽量显得镇定自若，装出一副平静的神态来说话。

"啊，你怎么舒服就怎么着吧。……其实就是——还是关于照子的事，想向你打听一下……"

"噢，什么事？"

因为佐伯答得太快了，铃木便没有停顿地往下说。

"这阵子照子动不动就上二楼来，究竟是为什么呢？"

完全是一副监视者的口吻。"你究竟是想婉转地问呢，抑或是想讽刺我？"佐伯原想发作的，又忍住了。

"我曾经求过你的事，你已经忘记了吧？"

"我不知道你曾经求过我什么事，也不记得承诺过你什么。有关照子什么事，就请你明说好了。"

"如果你说没有承诺的话，我也没有办法。那就另当别论吧，现在我想问一下照子的事……"

铃木说着，用左手卷起一边袖子，不停地抚摸着右手上臂。与黑乎乎的手腕截然不同，他的胳膊肌肉发达，血管粗如蚯蚓，肤色白生生的，给人一种不快的不和谐感。佐伯心想，从手的动作到手指头的模样都是蠢蠢的。

"我觉得这两三天，照子对你的态度实在是奇怪。你也会这么想的吧？尽管你说了，我没有求过你，但对于总算跟我有过婚约的女人，整天玩耍在一起，总是不妥当吧？究竟你对这个问题怎么看呢？希望就此可以得到一个实实在在的答复。"

"噢噢。"

佐伯嘴里应着，吸了一口"敷岛"① 烟，眼望着从鼻孔处升起来的烟雾。看他一本正经的客套，与其说是轻蔑对手，毋宁说是要将令人惊恐的事儿，说得让自己的神经承受得了。香烟刚抽了一小截，他随即将烟卷扔到烟灰缸里，把脸转到窗户的方向。……天空一片漆黑，看不到一颗星星。……神经未必完全承受得了，还在焦躁地骚动。如同无数个一寸法师②像蛆一样拥来，激烈地搏杀着。

铃木注视着事情的发展，佐伯的一举手一投足，他的目光都紧随而至；由于没有得到答复，他踌躇一下之后，嘴角边又浮现一丝笑意，开始说话。看来这家伙无论在何种感情激动的场合，在说话之前都有浅笑一下的习惯。

---

① 日本国别称。
② 日本儿童故事中的主人公。

"你要是沉默不答,那我在得到回答之前不会离开,一个晚上都会待下去,所以你还是决断一点、男子汉一点回答吧。而且看你的这个情形,我已经明白个大概了。人其实都诚实得不可思议。"

无论如何假装平静,要让铃木这样子往下说,不由得你不怒火中烧。让那嘴巴叽叽喳喳唠叨着,无论有多么大的容人之量,也得被这几乎是先天的不可抗力打破。更何况是佐伯。佐伯心想,这场笨蛋和神经衰弱者的对峙,在第三者看起来一定饶有趣味,与此同时,他感到怒火攻心。

"你说让我谈谈想法,我并没有什么想法,所以没有必要答你。既然你已经大概明白,不就行了么。"

窗外的泡桐树叶子沙沙作响,下雨了。照子早点儿回来就好了……

"哼,你得实话实说。你采取如此卑劣的态度,最终要吃亏的。"他突然变得话中隐含杀机,"我绝不会就此罢休。我有充分的思想准备,不得已时便采取最后的手段,所以你若是避而不谈,反而失算了。"

终于露真相了,佐伯心里想。如此威胁的话,实在是可怕。刚才对方说出"最后的手段"的一瞬间,心脏的确颤抖了一下,就要出口的不买账的话马上咽了回去。然而,往常那种迫切的、险些儿就要晕倒的恐惧却没有袭来,这是为什么呢?他反而把那种可怕的情景作为具有适度刺激的兴奋剂,有心要咀嚼一番。

"既然你有决心了,尽管看着办吧。你原本就没有理由给我提什么异议。阿照自己想上二楼来玩便上二楼来玩,我可管不着。你有意见给阿照说吧。"

"不，女人不明事理。你有责任替她说说辩解的理由吧。……应该不会没有的吧。"

"我有责任？"

"对。"铃木哼出憎恶的鼻音，"我原来就认为你迟早会这样说的。可我昨天看了照子保密的日记。你们已经通奸了吧？"

铃木说着，冷冷地笑了。他一笑起来，厚嘴唇里头排得乱糟糟的牙便如利刃般闪烁。

"喂，你说话要小心……"后面的话原想搪塞过去的，看情形终于是瞒不住了，佐伯便说道，"你说通奸不是很奇怪么？即使我和阿照有过关系，不可能叫通奸吧？"

"什么'即使有关系'……别说得那么暧昧吧，就说实际上已有了关系，如何？"

"也行，有了关系了。"

他不觉太为难便认了与迄今言行矛盾甚大的事情，冷冷地宣称道。是否说毕便会见铃木从怀里亮出匕首呢？情形却并非如此。不过，佐伯感觉上自己已经失去了半条命。

"好，你看吧。"

铃木洋洋自得，就像在辩论会上驳倒了对手。

"既然有关系，那就是通奸了吧？我不是已经跟你说过，我和照子是父母指婚的。"

"可能你是这么以为，但阿照说不知道有过婚约这回事。你自己一口咬定是通奸，太不合情理了。你以为你这种说法能行得通么？"

"不要管照子说了什么，那丫头说的话不可信。照子的父亲明明白白说定了的。遵从父母意愿，坚持与其女儿结婚是不合事理的么？"

"所以说么所以说么！这样的苦心让我知道也没有用，你还是跟照子说去，看情况如何。如果照子理解不了，还有她妈哩。"

这样赌气说话的时候，佐伯动了肝火，脸孔眼瞅着充血变得通红。到了这个地步，他只想一直发作下去，口中已备足痛斥一番的弹药，只待对方片言只语来犯。

"不，时至今日已没有必要听她母亲的意见了。不管照子和她母亲怎么说，婚事一旦说定，我就只认它了。指婚一事既是清清楚楚的事实，我便只需追究你通奸之罪。关于这件事，你打算如何处置？"

"真是烦人，干脆我们二人决斗吧！这是最容易有结果的。"

佐伯突然说出这种话来。然后以一副勇敢无畏的模样盯视着对方，不知不觉间，极度的愤怒和恐惧充满他疯狂般的眸子。

"啊，也不必这样，该有个平和一点的解决方法吧……"铃木意外地有点惊慌失措，以一副更加柔和的态度说，"我们彼此都是受过高等教育的人，我不想干那样的野蛮事。只要你显示出道歉的诚意，我就满足了。你看说到哪里去了，用得着去学人家搞愚蠢的决斗什么的么？"

"我对你没有犯过任何罪，所以赔罪谈不上。哎，决斗吧，那样最好。"

"哼，还说这种话。明明是通奸得手了，还说个道歉，真是怪事。"

"你真是个笨蛋，蠢得可以。就算和照子曾经是指婚的，现在又没有住在一起，哪来什么通奸？"

佐伯咬牙切齿般地只吐出这几句话，中途舌头绊住了，不能一气呵成连下去。他气得手脚打颤，瘦小的身体充满了再难容纳的怒气。可能是骂得太激动了，呼吸急促起来，嘴唇青得像是濒死的病人。胳膊上、颈脖上的动脉怦怦地响，血涌上头。这两三日自接近照子以来，神经衰弱了许多，一遇小小刺激便有强烈反应，如今情绪都被鼓动起来了，他几乎一下子气死过去。

"嘿嘿，在女人的事情上，谁都会糊涂的呀。我们也都让那照子弄糊涂了吧……"

铃木说到这里时，愚钝的脸上更加阴郁了，寂寞的笑容和悲戚的表情一起浮现出来。

"不过，要是太欺负人，我也不会沉默。的确，从法律上说，也许不算通奸吧。但是，如果你是有良心的，应该不会持那样的理由。呃，你到明天才给我回话也不妨的，请今天晚上好好想一想吧。是我对，还是你对，如果你平静地想想，一定能明白的吧……"

佐伯尽量将心思移到别处，充耳不闻对方的话，拼了命来压制住自己的激动。那副样子正如五段的勘平切腹之后，处于弥留之际，一只手捂着致命的伤口，气息奄奄的样子。

"总之，我说几句话供你参考，也就是说，我想这样处置——首先，你承认通奸的事实，交出道歉信。而作为道歉的条件，保证将来绝不向照子下手……"

铃木数着指甲都剪短了的右手指头。

"不向照子下手的证据，就是退出这个家庭……这个么，因为寻找住处得花时间，所以容许在五天之内落实。如果你对照子没有野心，答应以上的条件，不算太难的事。总之，希望明天之内回复。我这方面也得应付各种情况……"

该说的话说完就告退好了，这家伙却无休止地唠叨下去。无论对方表现得多么冷淡，仿佛人家既有耳朵便会听进去似的，一副对着石头也照样念佛的态度。

"我也不想彼此为一个无聊的女人而争论。这种事总是期望有缘来相会，有时候我这个人也明知是力不能及、徒劳无功的。若是男人和女人的事就没有办法了，但既是男人之间的争执，了却之后反而心情爽快。哈哈！"

佐伯用被子蒙头，装成睡了的样子，但总不见那愚蠢的自言自语停下来。有时话已不连贯，中途停顿了，以为这次该下楼去了，谁知又开始接着说。这当中，佐伯突然浮现一个令人毛骨悚然的念头：铃木这样老老实实地饶舌，其实可能正在忍受着就要爆发的怒火，窥探着自己的动静。也许因为自己太冷淡了，说不准什么时候便暴怒起来："喂，实在忍无可忍啦！"说时迟，那时快，从怀里掏出匕首，隔着被子便下毒手了。或许像伊势音头[①]阿贡杀万野那样，让他百般无礼、傲慢自大，最后突然出其不意地收拾了他。

如果是那样的话，自己蒙着头假作不知，是极端危险的。因为敌人的举动完全看不见，万一出事，不但逃不掉，连喊一声也不可能了。不过，敌人喋喋不休时总算是安心的，一旦说话中间停顿了，就担心起来。在那间隙里，说不定他在拔刀出鞘，或者膝行而前，或者没有什么举动……

[①] 佛的赞歌、雅乐中主唱或主奏者。

"唰拉……"传来了楼下开格子门的声音,舅母和照子归来了。

"哎呀,冷死人啦。妈,我感冒了呀。这都是因为你刚才没给我买那骆驼毛围巾。"

当照子无所顾忌的声音传到二楼来时,佐伯心窝边上黏附着的不安团块才逐渐松弛下来,化解掉了。与此同时,铃木不慌不忙地站起来说:"打搅了。"

"让她们知道了又有麻烦了,所以万事仍是出自你的思考才好,希望你就按我刚才说的做吧。我明天等你去喝上一杯,你就不必和照子她们商量了,私下答复我好了。"他尽量不显露慌张的神色,悠然下楼去了。

这时,远远便听见舅母的话:"阿照,你也得先把和服换一下呀!"

"不,我马上就下来的。"照子一边说,一边上楼来,与铃木相错而过。然后她在男人身边咚地坐下来,问道:"铃木来干什么?"她开始摆弄快要熄灭的火盆里的炭。

恐怕夜已深了,电灯光暗了一下之后,又"啪"地亮堂起来。泡桐的叶子被雨点打得沙沙啦啦作响,仿佛有意惹人注意,但雨下得并不大。

"表哥……他来干什么?"

尽管被照子催促,佐伯仍旧埋头于被褥之中,纹丝不动。只有长长的、乱蓬蓬的头发从被子里露了一点出来。

"你上哪儿去啦?"

过了一会儿,他像说梦话似的说道。仿佛刚刚醒来似的,一边眨巴着眼睛,一边怪怪地从旁边露出脸来。

"管它上哪儿,那种事没劲。我倒想知道,铃木为什么要上来?你又被威胁说不要告诉我了吧?"

"胡说八道。"

佐伯尽量将眼球往额头上翻,凹陷的眼球几乎触得到眉毛,他仰卧着从女人的膝头往腹部、胸部、脖颈一带一一打量过去。没有什么东西能像这女子的血色那样,每天变化的了。今天可能在外遇着寒风了,脸颊和鼻尖带着红润,肌肤像陶瓷一样闪烁着寒光,五官的感觉全然不同。

"阿照,你和铃木有过什么关系吗?"

总想找机会问一次的问题,他就趁此时机提出来了。

"问这种无聊事呀。有没有,你想想看不就明白了么。"

连怫然作色也省了,就这么不在乎地回答了,光这一点,就让佐伯弄不清楚这女人的话是真是假。因为照子是在任何场合都不会大惊小怪的人。或者她认为表露情感动摇的状态会有损女性威严吧。

"可铃木说了,你们有名正言顺的关系哩。"

"谁会跟那种人……"

"因为那种人据说从前也是个才子,我就搞不清楚了。"

"不明不白就不明不白好了。我不想要诸多辩解。如果有过关系,又如何?"

"他说我们做过的事就是通奸什么的,那家伙盛气凌人的哩。"

"那么,表哥你对铃木全说了?"

"噢。他说已经悄悄看过你的日记了。再瞒也没有用了吧。"

佐伯一副"该怎样就怎样"的心思,说话腔调是"豁出去了"

的口吻。

"铃木在蒙你哩。我私下里根本不写什么日记。表哥你被他欺骗啦。"

"这笨蛋还能玩些小花招……"

他这样自嘲道,一想到完全上当受骗了,他越发憎恶铃木,恨意难消……怒不可遏的他很想随手砸几件东西。

"……没有关系嘛,就让他知道好了。反正迟早要知道的。"

"表哥你人太好了。如果是自然地知道的,也没有什么,现在他设圈套让你招认,简直就太不像话了。又欺骗又恐吓的,可不是欺人太甚么。真是拿你没办法啦。"

照子说着,解下脖子上的头巾,往男人的被铺上一甩,大块头的躯体往一旁躺倒下去,又将自己的脸挪近佐伯的脑袋,手撑下巴。长长的身子与被铺正好成丁字形,作弓形包围着男人的枕头,像小山丘一样将它遮蔽起来了。在比户外稍高的室温暖和之下,她的肤色不知不觉间变得雪白,颇为鲜活。

"管他设不设圈套,对那种人,还是把真相都告诉他更好。跟他玩虚的还觉得降低我的身份。"

佐伯双手垫在脑后,一边瞪着天花板,一边自语,像是不足虑的样子,但内心某处还是很烦,总感觉不痛快。

"那么,铃木说通奸了又要怎样?"

"说要我写道歉信,离开这个家,我骂他个狗血淋头,赶他走了。那个混账东西!"

为了让女人认同他没有被铃木吓住,佐伯把话说得更加强硬。

"说不定,表哥你会被铃木杀掉……"

照子一半取笑一半担心地说道，嘴边露出了痒痒的笑容，但仰卧着的男人看不见。

"要杀就杀吧。那家伙从一开始就把我当成敌人，把我盯上了，所以有没有关系都好，反正都会是这样。"

"嘿嘿，没有事啦。"

女人躺着，用腰劲在榻榻米上游动起来，自己的脸贴近到几乎进入男人的怀抱之中。二人的身体恰成巴字图案①似的，以脑袋为中心，一左一右成两道弧线。

"其实也用不着害怕，那家伙并不是干得出杀人勾当的爽快人。我经常折腾他的，他连个生气的样子也没有。真的没事。刚才我开玩笑吓唬你的，真的放心吧。所以今后不论……"

说话之间，佐伯骨碌一下把头弯向对方的方向，二人面面相对。在男人面前托腮的照子的脸孔，像被柔软的大福饼撑着了似的，皱纹时隐时现，厚厚的嘴唇、眼睑、鼻梁、脸颊，各处的皮肤弄得走了样，呈现出残酷的别扭的娇态，媚人而生动。肌肤像是充满了某种欢悦，翩翩起舞的样子。

"光想着'被杀、被杀'就大错特错了。我们不就是等着被杀、别无他法地待着的么？那家伙即使不杀你，也肯定杀我。不是怕不怕，我只是预言而已。"

"那样的预言是神经衰弱的结果。"

"神经一衰弱，反而在某个方面敏锐起来，所以，连普通人都不明了的事也能感觉得到。"

---

① 类似阴阳鱼的样子。

"要是铃木杀人,我被杀不好么?"

女人说着,移开托腮的手,两手的十个指头交插一起,掌心向外直直地伸到男人跟前。两只手掌交织如竹席的部分令人联想到蟹的腹部。

翌日早上,铃木如常扫过庭园之后,便夹一个包袱到神田的私立大学去了,到了傍晚仍没有回来。三时半亮起了灯,四时半左右天色暗下来,随着烧洗澡水的时间逼近,佐伯和照子不由得在意起来了。

"铃木怎么啦,这么晚还不回来?"

晚饭就要做好的时候,舅母终于开始发出疑问。但是,即使吃过饭、收拾好厨房,铃木还不露面。

"他这是怎么啦?很奇怪吧?阿雪,你辛苦点啦,铃木不在,你烧澡塘吧。"

舅母的疑心随着夜深越发厉害起来,言辞也越来越激动。

"看,已经八点了。不是开玩笑吧,他这是怎么了?"最初是责备的口吻,唠叨个没完,后来就变成了要哭似的、担惊受怕的腔调。

"阿雪,铃木早上几点出门的?"

舅母刚洗好澡,出来一边看座钟一边问,此时的模样眼看就哭出来了。

"是这样,早上七时半左右吧。以前,他总是在老板娘睡房的廊下说声'我出去了'的,近来打扫完就一声不响地走了。怪怪地紧绷着脸。"

阿雪一点也没有留心他人担心的样子，毫不在乎地说道。

"今天早上没有特别不寻常的情况吧？"

"这个……这两三天他是特别不高兴，老是和我吵架。"

"有没有见他悄悄地收拾行李之类的？"

"那倒是没有……"

舅母顾不上其他了，急不可待地直闯入大门边的寄食学生房间，把柜子、壁橱、书箱的盖全都打开，瞪着通红的眼睛一一翻看，呆立着说道：

"好怪呀……衣服全都在……"

目瞪口呆的阿雪来到舅母身后，好一会儿不知所措之后，才终于醒悟过来似的指着开始剥落的纸胎漆的桌子上面说道：

"这里原是摆着五六册法律书籍的，现在却不见了。"

家里骚动最厉害的时候，照子上了二楼不露面了。其实舅母也早就和照子谈过，希望女儿分忧，但一谈到铃木的事，照子必定嗤之以鼻不加理会，说："那种人能干什么"或者"你越怕他就越纵容他"等等，所以有点避讳这个话题。但事已至此，舅母也不能坐视不理，所以明知要受冷遇，嘴里仍喊着"阿照、阿照"，仿佛立即就要出大事的样子，大呼小叫地奔上二楼。

"你看，铃木直到现在还没有回来哩。"

"那一定是离家出走了吧。"

照子一边对着男人枕边的火盆烤火，一边轻描淡写地作出判断，甚至没有同母亲这边望一眼。

"是么？……可能又犯老毛病了吧。你是不是做了什么惹怒铃木的事？"

仿佛妻子依赖丈夫般地,母亲坐到女儿身边,求救似的跪坐着。这时,从楼下传来阿雪撕裂嗓子般的叫喊声:

"老板娘,老板娘,砚盒里面放着他留下的信哩。"

"是么?快拿到二楼来!"

紧接着,楼梯又响起了啪嗒啪嗒跑上来的声响,阿雪像运送一颗炸弹似的拿来一个颇为不祥的红色信封。

"行了,你到下面去吧。"

舅母一接过信封,便一边撕开信封头,一边支走阿雪,像读化缘簿那样两手把信捧到胸前。

值得一提的是,信封表面应写"御主人样"的地方,特地用楷体醒目地写着"林久子殿"——用了舅母的本名。正文是在两页八裁日本白纸上,用磨破了笔尖的笔黑乎乎地写着草书。

读着信的时候,舅母的眼神闪着狐疑的光,自然地皱着眉、抿紧双唇,呈现出憎恶、恐惧等种种表情,但最后读完时,已经面如土色。

"哼,你们看看这信吧。"

她把信扔到二人面前。相面者所谓的"死相",说的就是舅母此时的容貌吧。简直是魂飞魄散,连舌根也不灵便了。

究竟是多么可怕的句子呢?佐伯忍受着眩晕,像俯瞰深渊般地从被铺上探身过来,上身匍匐在信纸上方。未读之前,心脏时有的悸动,便几乎要撞破心脏。照子把下颌搁在火盆边上,从对角线斜斜地窥探。

    我决心自今夜后绝不再度返回这个家。我早就对吃这家的饭、见这家的人感到不快，其理由原因，各自问心便知，尤其照子和佐伯，必有所感吧。但是，我要在此一并申明，你们深思熟虑地反省吧。这样我或可赦免你们的罪。

首先，我要声讨照子母亲久子的罪。你在丈夫敏造氏死后，并没有完成作为未亡人的工作。你违背敏造氏生前遗训，误解丈夫唯一的遗爱——女儿的教育方法，使照子堕落有如今日，是你的罪过。与敏造氏生前相比，林家家风颓废已是不争之事实，我忧之患之，几次给予忠告，然而你充耳不闻，反怨我多嘴，甚至嘲笑我，而毫无反省之意。实际上是你导致了家道衰落。

尤其是你明知而不顾敏造氏要将女儿照子嫁与我的遗志，时至今日仍多方托辞，不但要毁弃婚约，甚至连曾有过婚约一事也总想否认。欺骗亡夫、欺骗我之罪极大。地下之敏造氏若有灵，必痛哭流涕。

我为你们母女事实上已误去半生矣。请记住，我渴望向你们复仇。尽管我受敏造氏甚大恩惠，但你们既是我的敌人，同时也是敏造氏的敌人，因此绝无宽恕的理由。何况迄今我多次念及敏造氏的知遇，怜悯你们的堕落，已经一忍再忍。

结束前仍要对佐伯进一言：事到如今，对行使最后的手段虽难再有一刻的犹疑，但你若立刻悔改，即时贯彻我昨夜所提条件，离开林家，或有宽容余地，我虽不在家，但会时刻监视你们的行动。若完全抗拒我的忠告，就千万要留神了。至少夜晚外出要注意。

信到此为止。原以为收到恐吓信一定会害怕的，但实际遇上了，却意外地并不恐惧。只是感到有点厌恶而已。

"哈哈，那家伙终于发作了。"

佐伯说着，把脸转向舅母。看见舅母的脸，反而觉得比读信更觉吓人。

"管他说啥，别去理他，他马上又会回来的。"

照子把信看了，却摆出一副不屑多看几眼的样子说道。

"真的会回来么？我觉得他这一次……"舅母一边打颤，一边弯腰探身紧紧抓住火盆，再次凝视着榻榻米上的信纸。

"……在家里的话吧，爱说三道四，逃出去了吧，又叫人担心，我真是拿他没办法啦。不过要是在家里，好歹也不用担惊受怕，但他跑出去了，究竟想要干什么也不知道，说不定就在今天晚上，他就可能在这房子周围徘徊。"

三个人好一阵子默不作声，有意无意地倾听着户外的动静。日间行人也不多的街道，入夜漆黑一片，如果身体贴着墙壁，离两三尺远就根本发现不了。除此之外，路边的垃圾堆背后、后院的栅栏门角，也都是藏身的绝佳地点……

这时，三人的耳边开始啪嗒啪嗒地响起从远方传来的、有意放轻了的脚步声。似乎有穿草鞋或赤脚的人极轻地走路。啪嗒、啪嗒、啪嗒，声音虽有一定的间隔，但逐渐地向这房子的方向接近。不久，这个声响可以确切、清晰地听出了，是穿胶底鞋的车夫拉着美国货的车子在跑，在判明此事的同时，车子已快速地跑过了屋门前。

"唔……最近，你们做过什么惹怒铃木的事吗？"

"这个么……"照子特地认真地想了一下,说道,"我么,铃木是从不主动和我说话的,所以不记得有过什么可能惹怒他的事。"

"不过,你最近不是常泡在二楼么?事到如今,大家都是自己人,再有所隐瞒就没有意思了,把真相说出来吧。阿谦也好你也好,有过什么触怒铃木的事么?"

"触怒他的事——是什么事?"

"什么事都好,像你这阵子整天价待在二楼,任谁都要变得不正常的吧?从我这父母的偏心者来看,也想不至于行为不端吧,那铃木的怀疑就更加厉害了嘛。所以,我想听你们说出真实的情况。"

"多疑的人就让他多疑好了。管他人怎么说,当母亲的要相信最关键。"

"你这样托辞避开是把你妈当傻瓜么?我特地要来帮你,如果你想从旁糊弄你妈,这不是要惹我生气么?"

舅母说着,把头转向佐伯这边,一半寻求同意,一半打听虚实地道:"哎,阿谦,照子死活不说,我真是无从着手。无论做父母的是多么糊涂,你们大概在做些什么,大致还能猜得到吧。在年轻时吃过种种苦的老人家看来,遮遮掩掩的,一眼就看穿啦。现在也不是要说什么责备的话,你就跟我说实话吧。"

"啊啊,我也为让舅母这么担心而感到很抱歉,其实……"

一时之间,是撒谎还是说实话,佐伯自己尚未下定决心,他从被子边上伸出脑袋,因见照子频频向他使眼色,突然胆大起来。

"……我们什么秘密也没有,完全就是照子说的那样子。"

"哼哼。"舅母心有不甘地点点头,像中年男子常做的那样,在碎花绉绸的短外褂袖中突出了胳膊肘。此刻占据舅母头脑的,与其说是捕捉事实真相的欲望，毋宁说是努力不被二人所轻蔑。

"妈妈你的话没有道理。从前男女二人关系好，马上就会被怀疑，其实就是不明白现在年轻人的心思嘛。老人家么，越是经历过酸甜苦辣，感觉就变得越怪。一方面让表哥、让我去接受好的教育，另一方面又认为直到如今，若没有父母的监督，就会犯错误，真让人受不了哩。男人也好女人也好，如果趣味一致，自然就谈得来，这不是理所当然的么？谁会干那种讨厌的事嘛。"

"好啦好啦，没有说谁干过什么讨厌的事……"

舅母这才慌忙去制止面色通红地顶撞她的照子道："说话不要那么大声，慢点说不是更明白么？唉，我无谓地怀疑你们，是我不好，请原谅——好吧？不过，既然你们是那么清白的关系，就更讨厌被人无端怀疑，跟一个笨蛋吵架也没有意思，所以干脆直接地回应对方的主张，不好意思了，就请阿谦搬出去如何？"

"这样做可就不对了。"

照子要趁着发火之际，一下子否定母亲的提案。

"妈妈要这样做，就越发纵容了那家伙了。即便表哥搬出去，我也每天去玩，岂不是一样么？如果被铃木这么一恐吓便把表哥赶走，那才让人笑话哩。首先，那种讨厌的流言就更被人看作有根有据的了。"

"可是，人命的事可不得了啊……"仿佛恐惧之物就置于跟前，舅母这才说出了真心话。

"如果阿谦搬走他就可以接受了，没有必要勉强冒这一回险吧？"

"妈妈你这感觉不对。要表哥走表哥就得走，下次他就会说

'不能去他那儿玩''履行指婚之约'之类的,到那时可就没完了。"

之后母女仍激烈地争论了约一个小时,结果不明朗。

"表哥,妈妈说的话你别介意。妈妈总是害怕小偷,可对家里没个男人的事反倒不在乎,真是没办法。"

让照子这么一说,佐伯也不能自己进一步去作决定了。自己也好照子也好,闹得这么离谱,竟还残留着某些类似相恋的感情,令人觉得非常不协调,是一种难以理解的心理状态。

"既然如此就按你们说的办,我也不知道往后会怎样了。"

舅母不满地嘟哝着从二楼退下,但在照子下来以前,她不让阿雪去睡,自己也倚着长火盆,一点没有合眼。

"阿照,我总是不放心,从今夜起你也到这房间睡。"

舅母把刚才激烈争辩的事忘了,并不去赌那口气,厚着脸皮要求照子。照子则带着狡黠的笑容说:

"在我身边睡的话,妈妈你就受牵连啦。"

当晚门窗关得格外严紧,亮着厕所的灯睡,但到了翌日日间,舅母的不安还是不容易消除。前门的格子拉门每次开关,她都踮起脚尖,从隔扇背影里小心翼翼地窥探人门口的情形。

"阿雪,你出去外面办事时,要注意仔细留心这房子的周围。"

"是,我特别注意了。不觉得那人在哩。"

私下里已经交换过这样的问答。

日落时分吃过晚饭,舅母从大刚黑起便紧闭窗户,呆呆地坐在房间里。长形火盆的炭火发出劈啪声,烧得正旺,铁壶的水开了,沸腾的水给人安全可靠的感觉。

照子依然上了二楼还没有下来。

"咳。"

舅母咂一下舌，心里面嘟哝道："真拿那孩子没办法。也不明白人家担心，只管黏着佐伯。……那佐伯也是的，如果明白我多操心这事，就该快快搬出去才对。再到二楼去说说看吧。"

砰啪！套廊的门承受风力向里刚刚打开，马上又被吸走似的吱地向外关回。看来突然起了寒风。这样的夜晚若是发生火灾……万一那傻瓜放火的话就严重了。

当、当、当……座钟敲响八点。舅母猛地站起身，恨恨地抬头望向二楼，刚踏上楼梯，阿雪脸色煞白地从洗涮处飞奔过来，嘴里嚷着："老板娘，来一下！"

"我觉得有点不对劲，不知道是不是心理作用。请您过来一下。"

"你说什么东西'不对劲'？"

"听见厕所的窗外有人的脚步声。"

"一定是风声吧。"

二人悄悄摸入厕所里面，尽量贴近，屏息静听，但听不见有类似脚步声的响动。只是不时有极微弱的人呼吸声似的声音"呦——呦——"地传来。就连这是否呼吸声，兴奋的神经也是判别不了的，若果真是的话，可推断有人将身体贴在板壁上，窥探室内的动静。

"别乱说，什么怪事也没有嘛。"

"可能是吧，我刚才觉得有点怪，是心理作用吧。"

二人互相宽慰般地小声说着话，正要返回房间，来到大厕所和小厕所之间的地方时，二人突然冻僵了似的停住，默默地面面相觑。正好她们的低语话音未落之际,听见外面"咳咳"的咳嗽声。从未听过人以外的东西会发出这种声音……

几分钟之后,舅母牙床和膝盖哆嗦着,上了二楼。

"不,我也那么觉得,但似乎并不是风声。阿谦,你就到派出所去一趟好吗?"

"也不去看看证实一下,就要人上派出所,很无聊嘛。如果是真的,是小偷的话挺麻烦的,要是铃木,没事别理他就行了。"

"噢,我下去仔细查看一下吧。"

佐伯说着,多少有点小心谨慎的神色,但总的说来是无所畏惧的。大概是照子从后推动,便毫不迟疑地奋勇向前了。"杀人"——光是说说就够可怕的了,他却不可思议地沉着镇定,在二人的前头下到厕所去了。

"我的确听不见那样的声音。开一扇套廊的门,我到院子里看看吧。"

"阿谦你说什么呀!开了门不是更加危险么?我要躲到前门去了呀。"

"没什么的,放心吧。"

仿佛从高高的桥栏杆上一跃而下那样,他控制着自己凉下来的心情,在靠近收放板窗的地方打开了一两个套窗。从漆黑的院子里立即嗖嗖地刮来强劲的寒风。

照子把电灯的线延长,从佐伯身后开始向院子里的树木间东照西照。首先是左边围墙的角落,泡桐树周围亮晃晃地呈现出米,连春日石灯笼上的青苔也清清楚楚。与此同时,佐伯的全身——从领口到手指尖,咻地有一种薄荷似的东西流过。自以为挺沉着的,可不知不觉间心脏的悸动背叛了他。

从左边起，电灯逐步向右移动，把树丛的间隙都照清楚，渐渐地接近了厕所那边。连傍晚从二楼窗口扔下来的敷岛牌香烟的烟蒂落在花岗岩踏石的情形也鲜明地映入佐伯的眼帘。

"阿照，把光线再照前点看看！"

佐伯说着，穿上庭院木屐，走向厕所的阴影里，中途有蜘蛛网掠过脖子。

只见铃木湿淋淋地蹲在垃圾堆的阴影里，背部紧贴着板壁，像雨蛙般阴沉地、睡着了似的一动不动。此时此刻，无论想逃也好，想猛扑上来也好，都不可能了。

"你在这里干什么?！……"

佐伯威风凛凛地喝道，那光景像是警察在审问乞丐。

"……马上滚出去！"

嚓嚓、嚓嚓，八角金盘的叶子发出声响。地面看样子很湿，佐伯的庭院木屐粘着红土，万一有情况，他根本不可能迅速退避。

"不！"

铃木的声音仿佛包含着重重心事，显得沙哑。完全看不见他的嘴唇在动，仿佛是一团黑影在说话。

"我走不走是我自己的事。你不必干涉也可以吧。"

"你胡说什么！竟有潜入别人家里，还说与别人无关的家伙么?！有事的话，走正门来问！你蹲在那里究竟想干什么？"

"我喜欢那样不行么？我有自己的想法。"

看情形，这小子不是疯了吧？如果这家伙比自己早一步发疯的话，那实在是太棒了。是否该大大地安抚他一下呢？佐伯略微想了一下这样的事。但是,如果他发疯了,更有可能乱动刀子,但他仍旧不声不响地蹲在那里。

"别说无聊的话了,赶快滚出来,滚出来!"

他突然揪住铃木的领子拖他出来。

"别拉我,要是碍你们的事我就出来嘛……"

铃木根本没有抗拒,干脆地站了起来,说道:"出去也可以嘛,只是这木屐带断掉了。让我在那里坐一下可以吧?"他跛着腿往套廊那边走去。

照子站在收放板窗的地方,手持电灯照明。

"要是弄木屐带就快点儿!"

遭这样劈头盖脸的一骂,铃木使劲瞪了照子一眼,向廊下弯下腰去,从一只脚上脱下装有皮革带子、啪嗒啪嗒响的油桐木屐。他穿着一件旧褐色和服外套,是住在这里时不曾有的,不知从何处弄了来,穿在身上显得肉滚滚的,一顶鸭舌帽很深地扣在头上,他不停地调整帽舌。

"唉唉,我可是个不幸的人啊,心爱的女人被人抢走了……"

他忽然来一声叹息,要讽刺一下照子,但对方毫无反应,于是便正面说出来了:"喂,阿照!"

但是,他仍然背向女方,上身弯下一边摆弄木屐,一边再次追问:"喂,阿照!"

照子在他身后硬邦邦地说道:"别叫什么'阿照',我还不至于到给你叫名字的地步。"

"哈哈哈哈,叫你'小姐'是从前的事啦。因为我已经不再是这里的寄食学生了嘛。到如今没有任何关系了。"

"既然没有任何关系，那还不干干脆脆地离开？"

"别急嘛，我马上就走。……不过，阿照，你给佐伯骗了，这种男人可以依靠的么？"

"废话少说也可以吧？别再烦人了，快点吧。"

照子说毕，把电灯线挂在拉门上框，急急返回房间里面，但从八叠的房间到通往大门口的拉门都打开了，门口的格子门也开着，却不见舅母和阿雪的踪影。

"好了，弄完啦……"

铃木将木屐啪地扔到檐廊边上，终于直起身来。

"佐伯，你无论如何也不悔改么？"他盯着站在跟前的对手说道。

"你这人怎么总像女人那样翻来覆去说那种事呢？如果你憎恨我，就采取一个男子汉的干脆的办法好了。说什么采取'最后的手段'，光嘴上唬人能成事么？"

"不，不过……"

"笨蛋！"

他大喝一声的同时，把全身力气都聚拢到拳头上，向对方耳旁猛击。这拼了命的一拳，仿佛打过之后，自己的身体便将消失得无影无踪似的。这段时间尽在心中盘算的事情终于付诸实行，他感到太舒心了，但胸中的憋闷一下子减轻的结果，使他几乎迷迷糊糊地昏倒过去。

"尽管打吧！女人被抢走，还被人殴打，我也够凄惨的了。"

"觉得太冤的话，杀掉我好了！带了什么利器来么？"

"说不上是什么利器……"铃木笑嘻嘻地伸手入怀中，"这就不好办啦，这么说，你是无论如何不悔改啦。"

"所以说你杀我好了。"

就在这一瞬间，一件闪光的东西在铃木的右手一闪，又藏到外套下。

"怎么恐吓都是没有用的了，要杀便快动手！"

佐伯像话剧演员亮相那样挺起胸脯，两手背在身后，抬头仰望天空，但见星光闪烁，美丽动人。

铃木仍旧笑嘻嘻的，看不出任何断然采取行动的迹象。

"真是没有一点男子汉气魄的家伙。如果杀不了，就别磨磨蹭蹭了，离开这里！"

就在佐伯自鸣得意地揪住对方前襟，要把他扯向厨房小板门的一刹那，铃木发出声喊叫："你瞧瞧吧，这也不是男子汉所为么？"

与此同时，佐伯觉得颔下有被鞭打过的感觉，马上有鲜血淌下。

"噢，终于动刀了，佩服，是个男子汉的样子。"

佐伯摇晃着身体，手捂伤口，说着不甘心的话，未几被铃木毫不留情地撂倒在板壁旁。铃木似乎仍是一副笑嘻嘻的样子。

被割破咽喉的时候，佐伯仍拼尽最后一口气发出了不可思议的声音，但那并非不服输，而是因过于痛苦而发出的悲鸣吧。他瘦削的身子，居然血如泉涌，手指脚趾则如蜈蚣般颤抖起来。

异端者的悲哀

一

正在午睡的章三郎①清楚地知道自己此刻正在做梦。白色的鸟儿像缎子般展开闪光的翼，正在他的脸上方啪嗒啪嗒地扑扇着翅膀。不知怎的，搏动的羽翼挨近至他的鼻尖，以至有呼吸不畅之感；柔软干爽的羽毛如正在融化的春天淡雪，时不时轻快地拂过他的睫毛附近。"我正在做梦"，他好几次在梦中寻思道。他的意识眼看着要麻痹过去，晃晃悠悠地被诱往甘美的熟睡底部了，但心里面稍一扯紧，马上又醒过来，仿佛朦胧地照射着脑髓。

也就是说，他一边徘徊在睡眠和清醒两者之间的世界，一时之间既不打算醒转来，又不打算睡过去，尽量在此刻的半意识状态中犹疑。他一边想，"如果自己此刻想醒来，也能做得到的"，一边呆呆地眺望美丽的白鸟幻象，在灵魂里回味着不可思议的愉悦。

初夏的正午阳光从窗广透进来，照射到仰卧着的自己的眼睑上，便成了如此一场白鸟之梦。那个啪嗒啪嗒的振翅声大致就是风刮过吧。尽管意识清楚到这个地步，他仍旧待在梦中，以为这是非常难得的特殊体验。他乐在其中，仿佛若非自己这个有病态神经的人，轻易到达不了这种尊贵之境。他疑心，说不准自己可凭自由意志，就能随心所欲地创造出自己喜欢的错觉。他开始逐渐逐渐地聚拢自己的思维，要将此刻浮现眼前的鸟儿改换成更为妖艳的女人的幻象。

于是，鸟的形状逐渐被吸薄，收隐到黑暗的背景深处，就像小孩子玩的肥皂泡一样，无数映着五彩霓虹的美丽气泡纷纷涌出来，其中最大的那个泡泡的表面，不知何时清晰地映现一个极奇异的裸体美女，他确实看见这女子一边如随风袅娜的轻烟般飘然起舞，一边展示各种各样的媚态。

"太妙了，太妙了！我的脑髓显然具有神秘的功能。我有随意编织美梦的能力，说不定可在梦中与恋人相会。真是这样的话，我希望自己永远都这样睡着……"

然而，章三郎在这么想着的瞬间，一下子睁开眼醒过来了。他一边感觉到如同孩子吹气太使劲吹破肥皂泡般无奈的悲哀，一边想挽回瞬间便消散到虚空的幻影，慌忙地再闭上眼睛试试看，美女也好白鸟也好，已无踪影。他懒洋洋地起了身，手托下巴，在窗边仰望或许就是他梦中幻象的正身即五月天空的片片云彩。夏日常见的万里晴空里，南风刮得很猛，急急地将各处飘浮的云块往北再往北推移。

"梦中也好天空也好，都是那么美，为什么自己所处的这个人世间，是那么肮脏呢？"

章三郎寻思着，越发留恋刚才所见的虚幻世界，心中闷闷

---

① 作者曾指本小说为"自叙传"，篇中人物"章三郎"以作者本人为原型。

不乐。

他所居住的房子——位于日本桥八丁堀拥挤的小巷陋屋的二楼一室，除了西边窗口可以望见那明快的天空之外，没有任何其他一点东西可以引发美感。四叠半的榻榻米也好，壁橱的拉门也好，类似牢狱监房的墙壁也好，四面裁截的一切平面，如同贪图粗点心的顽劣孩子的脸蛋，满面污垢，在屋顶低、通风不好的室内长年郁积的潮乎乎的恶臭，蒸发弥漫着，仿佛要侵入居住者的骨髓。如果从这个房间的唯一窗口往外看，连苍穹的可怜的一小部分都看不见，他可能早就有发疯而死之虞。无论如何都无法使人相信，这里是以"万物灵长"自夸的高尚生物的栖息之所。

然而，章三郎不管人世间是怎样污秽，自己总不能完全抛开这片实在地生活于其间的大地，他并不指望像童话故事的孩子那样升上不存在的天国，或被搭救到梦幻中的乐园。就像从土里长出的植物，任何时候都得把根扎在土里享受生的乐趣一样，他仍执着于现实的世界，无论如何都想从中找出一些快乐。他以为这一点并非不可能的事。尽管自己现在正置身陋巷破屋中，与一切的丑恶、阴郁、不走运纠缠，他不相信人世间的一切都是这样阴暗冰冷的。相反地，如果得到了预想中的财富和健康，具备了营造与王侯同等的奢华生活的身份，一定会感觉到这世界远比天国或梦幻之境更为快乐、美好。现在身处逆境的他要转变成那样一种身份，可能不下于痴心妄想的祈求侥幸者，但即便如此，还是比托生于天国或华胥国的可能性大得多。这样一想，他就不至于对社会和生命感到失望了。即使争取不到王侯的地位，也希望一点一点地从目前的困境向上流社会挺进。能进一尺自有进一尺的乐趣。他只是生气自己连达成迈近一尺的门道也没有。

同样生而为人，自己怎么就生为贫民、非得以世间的最底层为出发点不可？命运之神为什么给自己附加不利条件？章三郎越想越急得不行。如果自己该是个生于陋巷、死于陋巷的人——脑子不灵、缺乏趣味的无价值的人也罢了，偏偏是个正在最高学府受教育、即将获得文学士称号的有为青年。自己与那些如蝼蚁般厕身贫民之间、日复一日毫无自觉的人不可同日而语。自己是伟大的天才，具有非凡的素质。碰巧这种天才和素质拙于物质上的成功致富，而长于艺术性方面，因此自己老是不能从这样的逆境中脱身。

"哼，真是欺负人……"

章三郎不自觉地脱口嚷起来，然后猛地一惊，紧张起来。这阵子他有了不时自言自语地狂叫的怪癖。如果是和长期思考的内容有关的话还好，实际上却是些毫无联系的东西，所谓突然冒起、由右至左通过脑髓的"passing whim①"，连惊叫一声的空隙也没有就冲口而出，有些喊出来还挺棒。所幸他来这一下时，周围往往空无一人，也有过漏嘴喊出万一被人听到很难为情或很了不得的话。而那些难为情话或不得了的话种类也有限，几乎都是只会被视为狂人谵语的古怪句子。他最近最频繁说漏嘴的，首先是下面三个句子——

"讨楠木正成②、平源义经③……"是其一。

"阿浜姑娘、阿浜姑娘、阿浜姑娘。"三呼女子的名字是其一。

---

① 英文，一闪念。
② 楠木正成（1294—1336），日本镰仓末期至南北朝初期的武将。
③ 源义经（1159—1189），日本镰仓初期武将，源赖朝之弟。

"干掉村井、干掉原田……"也是其一。

凡此三者，不知何故最为频繁地出现在他的自言自语中。三句中没有一句是一整天都不念叨的。虽然都是短句子，但当这些词汇照这里所记述的样子一说出口，章三郎即猛然醒觉。例如在第一句中，若非念至"……平源义经……"之处，他是发现不了自己在独语。忘乎所以地说到"……义经……"时，必定惊觉收住。第二句也一定要重复三次"阿浜姑娘"。若是第三句，则刚刚说出"……干掉原田……"，便悚然而止，身子哆嗦起来。音调属中音，说时快速，与普通人的梦呓无异。

反复出现在独语里的名字中，可以认为多少与其思想有关的，是"阿浜姑娘"这个名字。那是章三郎初恋的女子的名字。薄情的他两三年前便与该女子分手了，如今她身在何处、以何谋生之类他一点也不关心，所以如此频繁地念叨她的名字连他自己也觉得费解，不过与其他的名字相比较，还令人觉得有那么点理由。自以为已经忘掉，但"初恋女子"的印象毕竟深藏意识之下，可能因着某个由头时不时就脱口而出了。奇怪的是村井和原田的名字。此二者系其中学时代同窗的名字，他不记得自己和这些友人有过什么不寻常的交往。二人只是同班而已，甚至未曾一起玩耍过。不过此二人当时是班中首屈一指的美少年，章三郎曾有一时被其姿色所吸引。每个晚上二人的模样儿都现身他的梦中，烦恼着青春期的他。很长时间内——约有半年至一年，他的脑子每日被对二人的妄想折磨。最终，实际的交往也因此而生疏淡泊结束。美少年跟他不热乎，他也没有勇气接近他们。不久中学毕业了，据说村井回乡务农，原田进入了九州的高等学校三部。章三郎从此再没有见过他们，也没有书信往来。铭刻在他脑海的美少年的记忆随着岁月流逝渐渐淡薄了，照理连他们的存在也不再想得起来，但最近突如其来地，对二人的回忆竟如流星般在脑海掠过，刚要捉摸一下是怎么回事，旋即消失无踪。在消失的一瞬间，他一定会发出那句自言自语：

"干掉村井、干掉原田……"

喊姓名不算什么，可开始时为何要说"干掉"，连他自己也莫名其妙。毫无疑问，他对二人无怨无仇，完全没有杀掉他们的意思。就算是有恩怨吧，他也绝不是干得出杀人勾当的人。这是不是个前兆，预示将来会发生他因某种机会而杀此二人的事件？这是来报知他们二人与自己之间存在那么可怕的宿业么？他虽然也这样想过，却觉得是个荒谬之极的想象。

正因为是荒谬得很，他经常为这句独语生闷气。如果在某人面前不小心说漏了嘴，不知会把人家吓成什么样子。他自己也会大为丢脸、无地自容。在大街上说漏嘴，被经过的刑警听见了的话，就凭这绝对要被警察拉走，当罪犯或疯子处理。

"不，我绝不是疯子！"

到其时无论他如何绝望地喊叫，有谁会认真听呢？恐怕被送往精神病院，由专门的医生来诊治，肯定要被宣布为疯子。

再说楠木正成和源义经，也实在不可思议至极。这么一来，这些名字从何而来，他更加不明所以。他小时候最喜欢历史，曾反复熟读《太平记》和《平家物语》。像每个孩子一样，他也曾有过崇拜正成和义经的时代。但其后自渐渐爱上西洋的思潮及文学之后，对日本历史的兴趣便逐步减退。义经、正成这种远古英雄的事迹，对他眼下的生活没有丝毫影响。首先从"讨楠木正成、平源义经"

两句话来看，几乎不成意思。这话一漏出口，他总是满脸通红，私下里难为情得要找个地洞钻进去。

"我怎么会有这种滑稽的怪癖呢？也许是患严重神经衰弱的证据吧？"

连他自己也无法否认精神不正常的行为。他不得不承认，自己身上确有一些疯子的素质。只是他还算走运，疯劲上来的时间甚短，马上就能够恢复本性，迄今尚未引起他人的注意而已。

刚才章三郎自言自语了之后，一脸"糟了"的神情，好一阵子懊丧地陷入沉思，才沉重地叹一口气，慢慢步下陡急的楼梯。大门口二叠大小的地方之后就是采光日照很差的六叠房间，患肺病的妹妹阿富在里面安静地仰卧在床，睡衣的领口处显露着一张苍白的面孔。

章三郎一进来，病人便将在凹陷的眼窝深处闪烁着的凄惨的眸子转动到这一边来，定定地盯视着兄长。"无可救药的病人，肯定一两个月内就得断气。"也许因为他心中有数，所以章三郎害怕被这个妹子不可思议般澄澈、神秘的目光所注视，但上厕所非经此处不可，使他这段时间以来都不自在。他尽量将视线转向另一边，避免目光相接，急急穿过套廊，打开厕所门，隐身其中，轻易不出来。

"脑子不好，得注意便秘才行。"

自日前从医科的朋友处得此忠告之后，他每日不离汤水，想法子尽量通便。所以这阵子每天至少上两三回厕所，每次蹲个十五分钟左右已成习惯。经常这么蹲着蹲着便忘记了来此处的目的似的，长时间置身于漫无边际的沉思默想之中。

这天他又蹲踞厕坑之上，如常将各种不怎么样的思想片断在脑海里一一显现出来，又一一消去，再现再消，持续不断，但后来他不知不觉就思索起中国的白乐天的事来。

"等一下，记得好像昨天也在厕所里想过白乐天的事。"

他突然有所醒悟。

"对了，昨天的确是想过，不仅是昨天，前天的这个时候在厕所里也想到了白乐天。为什么自己一入厕所便想到白乐天？不知道这里的厕所和白乐天有什么关系。"

在他一步步上溯联想的长河、探究原因时，不大工夫便找出了二者间的关系。正好厕所的地上曾有一块两三天前的报纸碎片，其中有关箱根温泉的报道自然地呈现在章三郎眼前。所谓原因，恐怕就是它了。他无心地读过了温泉的报道，这中间他的魂魄不知不觉便游荡在旧游之地箱根翠岚，回想起设在凉爽的溪谷小河边上的旅馆浴室。清冽、澄澈的河水涌满浴池，当他将身子浸到池底，恰如五体俱散一般，当他追怀这种肌肤的触感时，往昔的记忆底层便唤醒了吟咏入浴快感的唐诗名句"温泉水滑洗凝脂"——《长恨歌》中的一句。这样，从《长恨歌》到白乐天的必然联想便出现在他的头脑里。大概从前天早上起那小块报纸便丢弃在那里，所以到今天为止，他也不知有多少次把目光落在那报道上重复着相同的想象，到最后便牵扯到白乐天身上了。

由此事实可以推定：他的头脑的运行，似乎前天、昨天、今天都停滞在一个地方动不了。似乎对应于心灵常受一定的刺激，便停滞于生发一定的妄想的状态。至于对于章三郎而言，柏格森说的"不断的意识之流"之类不停流动是不可想象的。

"对了,所谓'纯粹持续'①的说法,不知是否真理……"

之后的五六分钟,他的联想又转移至心理学的问题,他左思右想要回忆曾经读过的柏格森的《时间和自由意志》的论旨,可他已经忘得无影无踪,任何一条细小的理据都记不起来。尽管如此,他对于自己偶尔有智力顾及思考如此高尚的问题,开始感到非常兴奋。不管怎么说,这大杂院里、这几百号人住的八丁堀街里,知道柏格森哲学的人舍我其谁。如果人的思想这玩艺儿和行为一样,是可以从外表看得见的话,这附近的人对我头脑中的学问将会怎样大惊失色呵。

"我现在正思考着如此杰出、如此复杂的事物哩。"

章三郎自己说道,还真想向某个人夸示一下。

"妈妈,大哥还在厕所里么?"

到了房间里传出妹妹的声音时,章三郎终于拖着麻痹的腿从厕所里出来了。他在套廊的洗手池前擦手时,她仍在唠唠叨叨地说话。

"怎么蹲厕所要那么久嘛。大哥上两三次厕所,天色就几乎要黑了。一点也不像个江户仔。快点儿不行么?"……哎哎,妈妈,妈妈!"

终日眼望天花板、静卧不动的妹妹,在昏暗寂寞的家中以母亲为唯一依赖对象,靠和母亲对话聊解郁闷。她预感到自己的死期可能一两个月后就迫近来了,当悲伤、害怕得不得了时,就突然用撒娇似的声音呼唤"妈妈、妈妈"。然而,由于声音大多不能传到正

---

① 指法国哲学家柏格森的时间论。

在厨房忙活的妈妈耳朵里,所以她经常更不耐烦地呼叫起"妈妈、妈妈"来。

"来啦,来啦!"

当母亲隔着拉门小心翼翼地答应时,她就"嘿"地咂咂舌,嘴里不干不净地骂起人来:

"妈妈可真是个聋子,我喊了这么久,不管在干什么也该听得见吧?"

这个十五六岁的姑娘原是个早熟得可怕的聪明孩子,自从罹患不治之症后更加神经过敏,爱说无知幼童般任性的话,母亲更加觉得她可怜,从不介意。

然而对兄长章三郎而言,濒死的妹妹的刁蛮口气让他实在受不了。一碰上运用"濒死"这种让人有点害怕的武器来对父母兄弟恶言相向的她的态度,他好不容易产生出来的同情也立即变成了反感。

"混账!小孩子不要乱说话。要是因为可怜你不指出你的话,你就会自以为是、自大起来。是病人就得像个病人,盖好被子待一边去!即使是快死的人,狂妄自大也会惹人烦!"

好多次他想豁出去大发雷霆一番,他甚至想,如果不在她死前劈头盖脸惩治她一次,这口气实在咽不下。然而由于正好听到一番关于厕所的牢骚,章三郎心头冒火,恶狠狠地瞪视着病人的脸,但当那副慵懒平静得出奇的、像西洋魔女所有的冷冷的眸子瞪回他的时候,他毕竟还是怯怯地沉默了。现在和妹妹争吵的话,那对怪异的、直直地注视着自己的眸子,在她不久死去之后,仍将长久地留在这房间里,每夜每夜把他瞪个不止。其他人如何不得而知,对于胆怯的、神经病态的章三郎而言，那是确凿的事实，太明白不过的事实。身为少女，对母亲、兄长又嘲又骂，绝对是不道德的行为。即便是快死的病人，坏事就是坏事，加以训斥是理所当然的，可这病人为何莫名其妙地居于优势，反使训斥者为良心的苛责苦恼？明白怎么回事的章三郎心里头恨恨的，最终除了忍受也别无他法。

病人因为谁也不来搭理她，所以像是泄了唠叨的劲头，不大工夫就坚持不下去，一声不响了，却仍眨巴着亮晶晶的双眼，目送即将从枕边通过的兄长的背影。兄长避开她的视线，就要走到上楼梯的地方了，又折回来，战战兢兢地打开病人床边的壁橱。

"大哥，你开那里要取什么么？"妹妹突然不客气地开口道。

"前不久妈妈从日本桥借过唱机回来吧？那东西已经还人家了么？"

章三郎把脑袋探入漆黑的、带着霉味的橱柜，尽量用温和的声调问道。

"倒还是没有还，但你要它来干什么？那种地方你别乱搜一气嘛。"

"我想借到二楼用一下，那东西收在哪里了？"

兄长从壁橱里缩回脑袋，在房间里四下环顾。对面靠墙的衣柜顶上，放有竖条纹包袱皮盖着的方形东西，样子像是唱机。

"大哥，你不能随意拿走这东西。那唱机可是叶姑娘借给我的呀。你要学着样子乱来，搞坏了唱片，人家要怨我的，你快住手。"

"没关系，我就借去一会儿嘛。根本不会搞坏的，放心好啦。"

"哎呀，妈妈，大哥要拿走唱机啦！"

兄长满不在乎地从衣柜顶上取下包袱，开始摆弄机械时，病人大为恼怒，呼喊起母亲来。

"章三郎，阿富叫你不要动它，你就不要动它了嘛。"

正在厨房门口洗衣服的母亲两手仍沾满肥皂泡，系着吊衣袖的带子就过来说他。

"……那唱机是叶姑娘的宝贝，不大愿意借出来，说'有过毛病就不好了'的话，我说阿富很想听，好不容易才借来的。像你这种笨手笨脚的人，连放唱针也不懂，看人家怎么做，自己就乱来，弄坏了怎么办？这家里除了阿富以外，爸爸也好我也好，谁也没有碰过那机器。"

"阿叶"是章三郎相当于叔父家的亲戚的女儿。与章三郎一家日渐陷入惨境相反，叔父那边从十年前起身家便渐渐膨胀，现今在日本桥的大街上开着一家漂亮的杂货店。日本桥的叔父从四五年前起就供给正在读文科大学的章三郎学费，去年春天以来又供给跑医院的阿富医药费，八丁堀这一家人全都仰赖他的庇护，勉强得以糊口。阿富的母亲受病人之托去借他姑娘手上的唱机，大约是半年前的事。

"叶姑娘，真是不好意思，可以借你的唱机用四五天吗？阿富每天都很寂寞，她让我来向你借一下……"

"可以呀，我这就去取。"阿叶满口答应，不过她最珍重的唱片如小三郎的《纲馆》①、林中的《渡船》，就有意收起来没有给。然后，对唱针的放法、发条的上法一一说清楚之后，才借了出来。

"我说过不要借那么贵重的东西回来，你让她别打这主意不是更

---

① 本名为《渡边纲馆之段》，长谣曲之一。

好么？要是弄坏了我们一点办法也没有，你明天赶紧给我还人家。"

器量小的父亲傍晚下班回家，一见便训斥起母亲来。

"阿富说想听，我去借一下也未尝不可嘛。又不是人家说了不外借，我去硬讨来的。"

母亲也不轻易买账。

"那是理所当然的事。你说要借，人家能拒绝你么？所以还是自己适可而止为好。否则人家那么关照你，还去借人家不乐意的东西，真不识好歹……"

"什么'受人关照'，你以为我没事儿撑的要受人关照么？不乐意的话就别关照好了。自己要真的不想要人关照，就别追着人家，还净说是为了我们。只要没有人烦我，你以为我就爱干脸上无光的事么……"

母亲照例搬出老一套牢骚，涕泪涟涟，从和服袖口袋里取出皱巴巴的纸片擤鼻涕。与其说是恼恨没有自尊心的丈夫，毋宁说是悲叹自己落到时不时要声泪俱下地诉说一番的处境。实际上，这家人几乎每晚必有的夫妻争吵的结尾，总是以母亲的声泪俱下来落幕。动辄发火的父亲太阳穴上青筋暴起，唠唠叨叨骂得最起劲的时候，母亲的口头禅一出，照例他就委顿下来，闭口不说了。

"一家老小住这种破地方，是谁的责任？！"

母亲此话一出，父亲便无言以对。父亲也好母亲也好，儿子章三郎也好女儿阿富也好，并非生下来就是穷人。父亲到间宫家做养子的时候，有父母遗留的相应的财产，现在的母亲曾是个无忧无虑、幸福的招婿上门的千金。可二十年来步步衰落，最终落得个朝不保夕的状态。提及此事，母亲认定是父亲没有尽责的结果。并非因他参与了投机生意,或者沉溺于放荡的生活,一举将家财丧尽,而是他认真承继了父祖之业、谨守养子本分之时,不知不觉中处于落后于时势的退缩状态之中,渐渐有了懒于行动的习惯,致使家业一点点减少,因此可以说,责任在于父亲的无能和没有见识。尽管事已至此,父亲似乎尚未能充分认识到自己的弱点。似乎耿直、固执且胆小的他已横下一条心:只需固守消极的道德,完成作为一个人的本分,在此之上的一切幸与不幸统由命运定夺。只是当遭到母亲的迎头痛击时,才显得问心有愧,一脸歉疚地低垂着脑袋。尽管争吵的胜利常归母亲,但获胜的母亲自然也没有心情喊叫痛快。母亲越是屡战屡胜,父亲就越是萎靡不振,自己也就不知所措,最后就像孩子似的一边懦弱地哭哭啼啼,一边发牢骚。

关于唱机的争论,最终也按既定路线发展,父亲脸上无光地皱紧眉头,母亲气呼呼地拭着泪。

"不要紧的,爸爸。我以前在叶姑娘那里不时也摆弄唱机的,一次也没有损坏过。我来弄就没有问题,拜托其他人就不要碰它啦。"

躺在床上的阿富说道,要做父母亲的仲裁。那时她的病情没有现在严重,坐在床上摆弄一下机器的事还做得来。将机器放在开始剥落的纸胎漆小桌子上,不时让母亲上一上发条,她亲自来换唱针,将唱片嵌在圆盘上。

"噢,这该是吕升①的壶坂吧。……阿富,把刚才那个再放一次听听。看来义太夫这玩艺儿也得这样听才行。"

---

① 女义太夫丰竹吕升,在明治末年至大正初年,因貌美歌甜大受欢迎。义太夫是义太夫节的简称,日本以三弦琴伴唱的说唱曲艺净琉璃的一派,由竹本义太夫创立。

过了四五天，父亲像是忘掉了争吵的事，竖起耳朵出神地听起唱片来，合着一轮晚酌，心情竟变好了。母亲说是喜欢三弦伴奏的长谣曲，从箱子里翻出伊十郎和音藏的唱片，让阿富来放。那情形就是把借来给病人的东西，反用作安抚父母，有时这个宝贝女儿纯粹就是个摆弄机器的技师。每晚不厌其烦地反复放那二十来张唱片，从头至尾眼看着女儿安放唱针，老爸也好老妈也好，从不打算把这技术记住，一开头就觉得危险，干脆不碰它。可怜干瘦的病女孩，披一件沉重的棉袍，在褥子上欠身坐起，静静地转动着圆盘，在一旁的父亲和母亲低着头洗耳恭听的情景，无论如何都堪称奇观。那时候的女儿的脸孔，简直就像正在施行不可思议的妖术的巫女一样可怖，父母则如被魔法攫住般愚钝。就这样，唱机在凡人手上，被当成一种深不可测的灵妙神秘的机器。

阿富的病情渐趋沉重，到了自己不能随意活动身体之后，因为没有顶替的技师，机器终于被包袱皮一包，搁到衣柜上面。冒失鬼章三郎随随便便地就想搬走它，母亲也好妹妹也好，都大吃一惊。

"让你住手你就住手，章三郎！首先这大白天没有人家会放唱机！而且你也从来没有摆弄过这机器！"

"天底下还有人不懂放唱机的么？没事的，我就拿到二楼去一下。"

章三郎对母亲和妹妹为这简单的机器大惊小怪的小家子气甚为恼火。真是蠢得要命！今时今日唱机早已不稀罕，还一副提心吊胆的样子。要担心成这副样子，那就别借回来嘛。而且借出的人也真是的，就借这么个东西，还要说什么"别碰伤啦""发条不要上太紧"之类的，好像它是世界上唯一的珍品似的，别装模作样好吧。

这东西要使用，免不了有点损伤的。要是不想有一点伤，就不要买这东西。这样一生起气来，章三郎就非要拿出去不可，不随心所欲地摆弄一番，就咽不下这口气。

"妈妈、妈妈！不能拿走，大哥！你这样打开那包袱皮，灰尘都弄到上面去了！"

"没关系，你让他爱怎么样就怎么样好了。稍后父亲回来了都告诉他，你就等着吧。真是不像话！每天不去学校，在家里磨磨蹭蹭的，净想着玩乐。全世界都没有这样的大学生。"

在母亲和妹妹怨毒交加的蔑视之下，章三郎悠然地把箱子搬上了二楼，窗边放着桌子，他打算把机器放上去安好，但说实在的，母亲的话正中其要害，他迄今尚未摆弄过唱机这玩艺儿。尽管他心想大致能行，不把它当一回事，但实际上一碰它，似乎意外地麻烦，机器总是不听话，开动不起来。把些小零件这里拆拆那里装装，好一会儿束手无策，这时候楼下的母亲和妹妹开始焦虑不安了。

"章三郎，你在干什么?！你看清楚了啊！这头说自己能行，偏又不行，你要乱来可就要弄坏的啊。真是没我说你就不行。你要弄的话拿到下面来，问清楚阿富怎么做不行么？喂，章三郎，就这样好啦！"

章三郎"啊"了一声，不顾一切地急于要机器转动起来，但似乎安放得不大对头，唱针怎么也不好好在唱片上转。在闷热中他长叹一声，用手指甲刮刮额头的汗水，恨恨地望着那台机器，一时悲从中来，热泪盈眶。

"混账！难道会有人为这种事哭么？"

他在心里斥责自己。和母亲、妹妹这种可悲的人意气相争也要哭鼻子，令他窝囊极了。面对比自己低下的人，他希望自己总是能够保持冷静。

"不管爸爸、妈妈说什么，大哥你总是根本不当一回事，这是不行的呀。还得有个更可靠的人给他严格的劝诫，否则他老是不醒悟……"

从下面的病房里又传来妹妹一番自以为是的牢骚。章三郎一听这话，顿觉一阵恶心似的不快，愤怒不已。刚才的伤感立即忘掉了。

"想得天真的家伙，还想来耍弄人——谁要你来教什么唱机的用法?! 与其那样，我还不如把这机器弄个稀巴烂给你看看！"

他猛然再次投入安置这台一时难以对付的机器之中。而这一回不知是哪里来的运气，唱针似乎挺顺利地走起来了，于是便把写有《清元北洲、新桥艺伎小静》的唱片放上去唱了起来。"彩霞映照衣纹坡，新年整妆街市行……"一个娇媚、浓艳的女声发出出奇的高音，讨人喜欢地唱起气昂昂的曲子，章三郎照旧叉着手，神色为之一振。母亲和妹妹也都不响了，一下子肃静起来。

"怎么样？唱机之类的东西谁都能摆弄么？这回该明白了吧。"

章三郎露出会心的微笑，心里畅快极了。他感到这是近来难得一遇的开心事，便按着歌的拍子晃晃头、扬扬手，兴味盎然，但当唱到"……柳樱巷陌，何时花落"之处，声音就逐渐不行了，圆盘出人意料地停了下来。那是由于发条太松弛了，但章三郎并不知道原因，他小心翼翼地试着上了五六下发条，唱片发出牛叫似的怪声，动了一下又停下来。

"章三郎，你把机器弄坏了吧？怎么会发出怪音？喂，喂！"

看来父亲不知何时已回来了,从下面冲着二楼开始大声地干涉起来。

"你自己不知道怎么个弄法,一知半解就来弄,这下把机器搞坏了不是?喂,章三郎!你看你看,净发出怪声,一点也动不了了不是?要弄就正经来,把机器拿下来让阿富给瞧一瞧!喂、喂!"

父亲这么说着,仍旧担心不已,站到了楼梯口处,沙哑着嗓子喊个不休。

"让她看也没用,机器不正常是因为它太旧了嘛……"

章三郎嘴上还不认输,一边心头火起,粗鲁地把机器摇晃得咯噔咯噔响。他心里预想着父亲一听见那响声,一定会闹起来的,不出所料,这次更加吵人了。

"哎、哎,究竟是怎么回事?怎么会那样咯噔咚噔响?到了你手上,借人家的东西也好什么也好,一点也不上心,只管粗鲁地对待,真是没有办法。你要是不懂,好歹就别动它了嘛。"

此时咚的一下更为剧烈的响声从二楼传来,章三郎突然心虚胆怯地说话了:

"这机器一开始就是坏的。到处都有毛病,所以你怎么弄它都动不了。"

终于被自己弄坏了!无论如何辩解,肯定是自己所为。肯定又是老娘一脸苍白地把这坏掉的东西战战兢兢地捧到日本桥去,低头认错再三道歉:"叶姑娘,实在是非常抱歉,您那么珍贵的东西,让咱们家章三郎那家伙如此这般地……"那么一来,那个阿叶会说什么呢?对我有何种想法呢?想象到这个地步,章三郎更加睡不安寝,与其嘲笑别人小气,毋宁说更加看透了自己要私下捣鼓人家借来之物的劣根性。

"怎么可能一开始就是坏的呢?!"

父亲仍站在楼梯口不走,怒斥道。

"自己不小心,还赖原来就坏的。前不久还走得好好的。你真是让人讨厌。上日本桥还人家的时候,真不知说什么好了……"

父亲气势渐减,开始表示无奈了,不一会儿,似乎是阿富向他提醒了什么问题似的说道:

"章三郎,你没有上好发条吧?我觉得像是发条太松了,阿富说你上满发条试试。哎,你可能是没有上好发条啊!"

"我已经把发条上好了嘛。"

章三郎一边说,心想反正机器已经坏了,便一来劲将发条匙拧个够。不可思议的是,圆盘竟又嗞溜嗞溜地开始转起来,小静生气勃勃的美嗓再次响彻四邻。

"你看看,根本不是坏了什么的,就是发条松了嘛。"

父亲的腔调里一副一块石头落了地的口气。

"所以嘛,早点问我不就行了?不明白他怎么就那么顽固。"

妹妹洋洋自得、越发逞能的话传到耳朵里,章三郎悔恨不已。甚至想到,与其让那小妮得意成这样,还不如机器真的坏了。

好不容易开动了机器,心里反倒不是滋味,他变得百无聊赖,而唱片则越唱越带劲,大大方方地一曲接着一曲。从清元到常磐津、义太夫、长谣曲,各种唱片都换上放一下,自上次发条骚动之后,他心里头有了疙瘩,不能像往常那样产生一番感触。往往令他沉醉的曲调传到耳朵里,刚要进入忘我之境,内心深处便涌现一段窃窃私语:

"你怎么这副模样？不惜怒目相向从父母、妹妹处夺来的唱机就使你那么快乐？除了这样的事，世上再没有让你快乐的东西了么？"

最终，他对自己那种卑鄙下流的想法产生了厌恶。

尽管如此，他为了自己在家人跟前的面子，强忍着无聊，得再坚持一会儿。这么一来，他更感到正在做的事毫无意义，烦得很。他将所有的唱片都放上几句，当放上最后那张名为《千早振》的小生的落语时，意外的是一张滑稽胡闹的作品。

"……哎呀，金先生请进。这个嘛，你说你不懂业平的歌么？这歌可能千早振的神他也没有听闻，龙田川……"

突然，曾听过的小生的声音从喇叭飞出，开始快捷地说起来，因为实在太多怪话奇招，章三郎不禁"嘿嘿嘿"地从心底里笑起来。笑过之后随即板起面孔，心里觉得上当了似的，马上让机器停下来。

他失望地在房间中央睡成个大字。就在这一瞬间，他常有的自言自语便冲口而出：

"小生的确是很棒。"

二

唱机的用具就那么四散搁着，他就迷迷糊糊地睡到傍晚。

"哎，章三郎，该起来啦，该起来啦！"

他在这喊声中睁开眼，见父亲一脸凶相地站在枕边，用脚尖捅他的屁股蛋。

"就算是亲老子，叫醒自己的孩子也不该用脚踢吧。真是没受过教育的人。"

章三郎心里窝火，想来让父亲变成如此粗鄙野蛮的人，都是他自己的罪过。他的父亲从前肯定不是如此粗暴对待孩子的冷酷的人。现在以妹妹阿富为首，遇上母亲或其他人，他就是个几乎要让人蔑视的老好人，只有对老大章三郎，却像猛兽般气势汹汹。这到底还是因为章三郎太过无视父母的权力，迄今对父亲的脾性诸多不满的结果。本来表面上让父亲面子好过点就行，但偏偏他就掩饰不住，一副冷冰冰的样子，父亲那头也就以"岂有此理"作回应。

"在骂父亲没有受教育之前，首先从受过教育的自己身上改变态度才行。这样一来，父亲也就会坦率起来，彼此的感情定可融洽起来。"

他很明白这个道理。他并非没有想到，只要控制一下情绪，对父亲温和一些，自己的良心也可以稍为安稳。明知如此，但一见父亲，或者被责备一句，他立即会不可思议地倔犟起来，终究不能乖乖地服从。

虽说是蔑视父亲，当然还不至主动地去骂对方，或卷衣袖挥胳膊的。如果他做得出手，恐怕也不至抱有这么多不愉快。如果能把父亲完全当做外人、像对外人那样待他，他肯定可以更快乐一些。如果骂自己的是个外人，他会毫不客气地骂回去。误解他的若是个外人，他也可以分辩一番。如果可怜的人、卑下的人、贫穷的人是个外人，他会安慰他、迁就他、帮助他。根据情况，也可以与那个人绝交。然而可惜那人就是他的亲生父亲，他就无计可施了。

章三郎对父亲无可奈何，未必是因为他有道德。用"道德"这个有固定含义的词实在说明不了的、一种不可思议的、心里堵得慌、脑袋受到按压似的、阴郁伤感愤怒的感情，常常存在于父亲和他之间，他无论如何也消解不了。有时一到父亲跟前，他的抵触感就勃发起来，牢骚、肝火直往上蹿。然而，父亲那瘦削衰老的脸庞上，似有一种阴郁的、惹人怜悯的惨容，为此，章三郎开不了口，也无法动弹。一想到自己就是从这老者的血液中产生的，就不由得产生一种无法接受的情绪，身子也僵硬了好一会儿。

"二十五六岁的人了，每天逃课躲在家，真不知你想怎么样。……你想怎么样啊?!"

他不时会被父亲不容分说地叫到身边，盘问再三，再教训一番。这种场合章三郎便和父亲相对而坐，始终一言不发。

"你也不是个小孩了，一定会有什么想法的吧？哎，你究竟是怎么想的，可以每天东游西逛过日子？把你的想法说出来听听吧。"

父亲以这样的态度要和他促膝谈心，但两小时也好三小时也好，章三郎仍旧沉默不语。

"想法倒是有，可再解释你也不会明白。"

他只在心里这样说，绝不开腔。他没有兴趣趁势胡诌一通令人放心的话，好让父亲安下心来。他的心被一种惨淡的感情充塞，以至没有余地产生这样的心情。最后父亲焦躁起来，粗话渐渐出口，章三郎也尽量通过明确的表情和态度，夸张地表现出高涨起来的抗拒心理。例如吓人地绷着脸，圆睁两眼，在对方训得最起劲时打一个尤其令人咋舌的哈欠。

"哼!"父亲咂咂舌，说道，"你这家伙怎么回事？父亲这边说话，你那头打哈欠，有这样的人么？你这人要不要面子？怎么这样厚脸皮？"

被人这么说时，章三郎才有几分舒坦，也就是说，他发现自己的表情和态度的含义已经传达到父亲的神经了,他很得意,反抗的目的终于达到了。

"你真是太离谱了。我这么干等着听你说话,你却一声不吭,不知你是固执呢抑或太笨……今后么,要好好改一改你的性子,不好好努力不行啦。别像以前那样睡懒觉,早上六七点钟就起来,每天都得去学校。另外呢,就不要像以前那样随意到别处过夜。三四天不回家的事太不像话了。今后不改过来我可不答应了……"

最终父亲屈服,口气多少变得哀怨,说完几句下台阶的话后便赦免了章三郎。到了这个时候,父亲的眼眶里总是闪着泪花。

"弄到泪水要流出来的地步,怎么说话就不能温和一点呢?而我自己为什么就不能态度稍为好一点呢?"

章三郎这样想着,感觉到异样的伤感紧紧地压迫着自己的胸口。父亲干脆强硬到底,反而使自己好受些。

但是,那种伤感也只维持一日半日而已,第二天早上被父亲从睡梦中叫醒过来时,和前一天相同的想法马上又支配了他的头脑。然后依旧又厚着脸皮睡到将近正午,或者又离家三四天。

"既然如此讨厌父亲,自己何不索性远走高飞呢?和父亲大吵一架,干干脆脆地断绝父子关系,永远不再发生关连好了。何必在这种脏兮兮的杂院里居住,世界上令人快乐的地方多着哩。即使过着漂泊不定的日子,落魄到不堪的境地,还是比现在幸福吧?"

他这样下了决心,已经有好几次在策划出走了。他曾经卖掉旧书、从朋友处借钱,筹措小小的旅费,突然离家在外十天、二十天地东游西逛。然而,十天、二十天之后,最终他还是不得不回到东京。

"自己的身体会怎样都无所谓。自己是没有父母、没有朋友的。"

尽管他尝试这样去想，但对他而言，生他养他、有父母在的家，无论多么简陋、肮脏，无论积聚了多少不愉快，都是他最后安顿下来的地方。恋慕生养自己的土地、留恋自己成长的家，这种盲目的本能常常潜藏在他的灵魂某处，摧毁他离家漂泊的勇气。

"自己今后将再不能回到这个家了啊。无论自己在哪个荒郊野岭奄奄一息，都没有人会来探问了啊。自己至死都不能再见到父亲的面了啊。孩提时抱我奶我的老妈，也再不能相见了啊。"

把心思极端地推断到此，他不由得心虚起来。于是，他又辗转返回八丁堀的陋室，为的是继续和父亲干架。

尽管是那样拘束自己心灵的父母，越是了解彼此间因缘之深，他越是诅咒且恐惧那种因缘。他不断疏远父母，又恨自己意志薄弱，不能舍父母而去。

"嗨，章三郎，快起来、快起来！"

父亲仍在连声吆喝，不停地用脚踢他的臀部。

"你又睡懒觉了。……这副样子算怎么回事！唱机摆出来就那么扔着，收也不收一下……你用就得好好用，把它弄回原来的样子！"

章三郎睡眼惺忪地望着天花板，打了个令人厌恶的哈欠，又昏沉沉地躺下去。尽管意识早已清醒，但此时此刻他不喜欢马上就起身，有意使起坏心眼来。

"叫你起来还不起来，你这畜生！"

父亲终于忍耐不住了，使劲拉着他的手腕，拖得他几乎手腕要脱臼。然后从胸前掏出一封电报,把它塞到他的鼻尖处。

"嘿,振作起来吧。你有一封不知哪里发来的电报,好像是你某个朋友死掉了。"

"噢。"

章三郎冷淡地答应一句,从父亲手上接过电报。与其说朋友的死令他吃惊,毋宁说他首先在乎的是指名发给自己的电报让父亲粗暴地擅自开启了。不过这种行为并非自今日始,最近寄给他收的信,大多被父亲启了封,检查过内容。

"他是个什么人?发电报给你的话,和你有相当的交情吧?"

"谈不上什么交情。"

章三郎仍气哼哼的没有好脸色,说起话来颇为生硬。

"没有交情的人死了,没有道理给你发电报呀。哎,究竟怎么回事?"

"我也不知道是为什么。"

"你怎么能说不知道?有什么理由?"

父亲无名火起,立即就要顶起牛来的样子。

"……人家问你事情,连回答也不多一句。"父亲一边嘴里嘟囔着那句牢骚话,一边勉勉强强地走下楼梯。

"铃木今晨九时死了。"

章三郎手里拿着电报,呆呆地沉思了好一会儿。对他而言,铃木之死并不是太意外的消息,也不是太悲伤的事实。他只是回想起自己和叫做铃木的同学的交往,发觉他的死本身是一种命运的捉弄。

铃木是茨城县的富农的儿子,是当今学生中少见的品行方正、笃于友情、头脑明晰的人。友人之中,数他最有德望、最受尊敬、爱慕。学籍在文科的章三郎在高中时没有机会和法科的铃木深交,但进入大学的那年秋末,有一天章三郎被五日元的钱给难住了。他要在当晚六时之前到下谷伊予纹,参加在那里举行的初中同学会,他无论如何要筹措到五日元的会费才行。初中的同学会在伊予纹搞有点太奢侈,但担任当值干事的章三郎是首先力主其事,力排众议定下来的。

"总是一日元会费,吃的是寿司、便当盒饭,也太不景气了吧?这次再请个艺伎来助助兴、热闹热闹如何?各位,狠狠心,会费出到五日元就足矣。"

他洋洋得意地发表了这样的意见。许多人脸上现出为难的神色,但会员中也有开始悟出放荡滋味的富家公子、有点儿权力的商店二掌柜,这七八个傲慢自大的家伙都来怂恿章三郎。

"对极啦,你知道的,一元二元的会费哪能弄个像样的会嘛。如果说五元的会费都出不起的话,就由出得起的人聚会好了,搞个七八人的志愿者联谊会算了。会场由你负责,龟清也好深川亭也好,挑选你们喜欢的地方。"

他们半开玩笑地说道。赞成章三郎提议的人也好,反对的也好,都不知道章三郎是个为五元钱所困的穷书生。

"那就定在下谷的伊予纹吧。柳桥是一向很少去的,若是下谷,就在我们大学生的势力范围之内。"

章三郎俨然一副酒色之徒的口吻,将会员们都迷惑住了。就这样,事情很快就商定下来了。

事情是定了,关键是章三郎付不起五元的会费,他从一开始就清楚得很。话倒说得漂亮,其实他自己一次也没有去过伊予纹之类的地方。他已经做好精神准备：如果到开会的当天筹到了会费便可，如果筹不到，便得出装病缺席这一招了。到了那一天的傍晚，他在本乡大道很走运地遇上了铃木。

"间室君，很久没有见面了。"

总是学生服和学生帽穿戴整齐、刚刚走出大学正门的铃木不经意地和章三郎打了个照面，微笑着说道。想来自那时起，铃木的气色已经很差。

正好二人都要步行到三丁目的电车站。他们便很随意地凑在一起，一边不停地交谈着，一边走在柏油路上。章三郎打算把心事说出来的，他稍稍犹疑了一下，但当不久来到一个十字路口，二人要分手时，他红着脸对铃木说：

"铃木君，如果你有五元的话，借给我行么？"

想到铃木和自己从来就是极疏远的关系，他对自己面皮特厚的唐突举动不由得羞愧不已。

"这个么，我这里刚好是有五元……"好心的铃木多少考虑到对方的心情，一边作出愁眉苦脸的样子，一边说道。章三郎心想，"太好啦！"

"这钱是可以借给你，但下星期五之前不能保证归还的话，我就很麻烦了。"

"你放心吧，下星期五之前一定归还。"

"好吧，请千万要按时归还。否则我就一筹莫展了。"

铃木恳切地叮嘱道，将五元的钞票交到章三郎手上。

"谢谢。下星期我会想办法来归还的。总之今天是因为事情太急，连奔走的空隙也没有——那么，我就先告辞了。"

说着,他便气昂昂地步向上野大街的方向。

"终于借到五元了。下周五前能否拿得出来尚不清楚。不至闹到和他绝交的不愉快地步就好了……我怎么会有这样的坏毛病呢?"

钱一借到手,章三郎就马上联想起来。为一时的虚荣心驱使,假装有钱,睁着眼向别人借来没有把握归还的东西。为什么当时未能忍住呢?与其说他对自己的行为感到后悔,毋宁说他要憎恨的是自己性格中抹不去的缺陷。

若说是后悔,则往往伴随着悔改,然而,他一边责备自己的行为,却未能下决心去改这个毛病。他深知即便想改,以自己的性格是改不了的。如果让自己再次遭遇此前的那件事,自己必定会同样地主张在伊予纹搞,同样会骗取铃木的钱。若自己真的后悔了,那就不要花掉刚才借来的钱,缺席伊予纹的聚会,明天就把钱还给铃木——这是章三郎无论如何也不会产生的念头。

"铃木那一头可延至下周五,还有时间。到期之前我尽量想想法子,不行的话,也就是两三个月面子不好过而已。总之能对付过去的。最坏的结果,也就是绝交吧。"

这样拿定了主意,他马上胆气粗了,一点也不再操心。于是他立即奔赴伊予纹,醉拥艺伎之余,渐觉快乐无限。"幸亏借到五元钱来了。"他心里嘟哝道。

"我骗了朋友,既用骗来的钱游乐,为什么竟能快活至此?到了下个星期五,自己的欺诈就会暴露,为什么竟然不担心呢?恐怕这个世界上,没有人像自己这样对道德迟钝的吧。自己不仅意志薄弱,一定还是天生的道德麻木,是一个疯子。"

他自己都吃惊于自己精神上的病态,不得不相信自己确是个疯子。

在约定的周五到来之前,他到铃木的宿舍去玩过一两次,但从周三起便骤然失踪。到了星期五,他一整天蛰居在八丁堀的二楼,敛声静气。从那天起,有好一阵子,学校不必说了,连在本乡的马路上溜达也不成了。写有"该物务请依诺为盼"的明信片来了两三张,他也不回复。因为既无归还的诚意,也无此能力的他,根本无从解释。不久对方不知是厌烦了,抑或放弃了,自然就留待日后再收拾了。

他一边认准自己是个背德狂,一边极力相信对方铃木的道德操守。"大概他不是那种永远记恨自己的、心胸狭窄的人吧,不会是那种浅薄的人,因为被骗的愤激,就把我不守信用的事散布到朋友中间吧。"他将铃木的人格往对自己有利的方面解释,祈求自己做的坏事被含含糊糊地掩盖起来。

然而,事情并没有按他希望的那样发展。因预期的钱不能到手而狼狈不堪的铃木,把事情原原本本地告诉了两三个很了解章三郎的人,请他们拐弯抹角地间接催促一下。高中寄宿时同室的法科S、工科O、政治科N,他们听闻此事,均一致憎恶章三郎的卑劣。

"唉,他连你都给弄了个那么大的麻烦呀,怪不得这阵子完全不露面了。他又来这一手了呀。"

政治科的N吃惊地说道。

"从去年起,他就没再到我这里来过。有一段时间他每天来,拉着我到洲崎呀吉原呀到处转,可算账的时候他一次也没付过钱,全都转嫁到别人身上。更过分的是,说是明天即还,从我处借去了十五元,竟像幽灵般消失无踪了。真是上了间室的当了。"

工科的O像是嘲笑自己的傻劲似的带点戏谑地说道。

"可是，你们也挺奇怪的吧。让间室那么耍弄，居然还沉默？我们直接上他家里去，正经地和他谈判可能更好。要是你们不便去，由我代表你们去。"法科的S一副忍无可忍的样子。

"唉，还是算了吧。要是他有钱的话，也不至于骗人，那家伙家里穷得要命。我也没有去过他家，不就是八丁堀的大杂院嘛。我们也不必逼到那么凄凉的地方去啦。"

N说着，不大高兴地皱着眉头。只有他是明知章三郎的痼疾，此前仍睁一只眼闭一只眼地和他交往的。

"嘿，说起来我因为太气不过，直闯过他家一次。"O搔着脑袋，有点不好意思似的说道。

"那正好是去年冬天的事情……我不大熟悉东京的情况，还是头一次到那种乱糟糟的小市民街区去。要转过好几条小巷子，非常难认的、后街的后院里，附近的人说：'这大杂院里上大学的人，除了间室先生的儿子之外再没有了。'我这才找得着的。到那里一看，就像你说的那样，那个脏、乱、差的家呀，就像贫民窟里长霉的房子，我连谈判的勇气也没有了。而且他本人已经离家十天左右了，上了年纪的父亲倒过来向我打听儿子的下落，这番情景反倒让我觉得可怜，慌慌张张地逃了出来。就这么个间室，净说自己常去泡艺伎，还真装得像。"

"不用说，肯定是撒谎。不单泡不上艺伎，连当天的零花钱也肯定成问题。……间室也不是傻瓜，别干这种事岂不挺好？真是个怪人。我时不时给他一些婉转的忠告，但一见面他总是兴致勃勃，一副满不在乎的样子，我还是同情他，跟他交往。恐怕间室可以毫无顾虑地去玩的地方，就是我这里了吧。人嘛，太讲交情的话，就分不出好人坏人了。"N辩解似的说道。

听完大家的话，铃木对N这样说道："我也不是可惜那五元钱，但因这事和那人绝交的话也没意思，所以你见到他的时候，跟他说方便的时候就还我。"

章三郎韬光养晦约一个月后，因为后来催促的明信片完全不来了，所以他估计铃木也死心了。某日他突然在政治科的N处现了身，若无其事地开始了他妙语连珠的闲谈。N也并无异样之处。他如常地欢迎章三郎，晚饭请他吃牛肉火锅、喝酒，以便通宵闲谈。章三郎总算放心了：N果然不知晓铃木这一桩事情。他醉成东倒西歪的样子。

N也喝得酩酊大醉，忘乎所以地畅谈朋友间的人物点评，或文学上的见解。过了一会儿，章三郎要告辞回家时，送到大门口的N突然规劝般说道：

"哎，我说呀，这一阵子铃木烦恼得很哩。大概说你有什么东西非他不可吧。也没有很多钱嘛，想想办法，尽快给他送去吧。你总是要来这一手，可不好办哪。"

以他们的交情，N可以向章三郎若无其事地说出这样的规劝。

"噢噢，两三天内就去还。你要是见了铃木，告诉他我后天或者大后天一定会去还他。我一开始就没有想着不还他的……"

被打了个措手不及的章三郎心里怦怦直跳，脸上现出了乞怜般的自卑神色。

"打算还的话，先给他打个招呼好一点吧！他说发了几封信，像石沉大海一样没有回信，铃木恼火得很哩。你近来真是多了个坏毛病。S也愤愤不平，据说非要揍你一顿不可，所以你要是不小心，事情就闹大了。也许揍你一顿反而对你是一帖良药也说不定……"

"明白啦、明白啦！我也觉得自己不好，可说得太多的话，我也烦了，所以这事就到此为止吧，跟他说后天还他还不行么。"

"真的后天归还？你说的话不能算数，铃木那边我还是什么也不说吧。所以即使后天还不成，你也不必顾虑，还到我这里来玩。有一阵子见不到你的话，我也感到寂寞。"

"哪里哪里，会还的，一定会还的。"章三郎难得地认真表了态。他在心里发誓：后天之前一定要筹到五元钱。

但是，当后天的那一日到来时，他不知何时已把内心的誓言忘了个干干净净，在二楼读了一整天讲义。四五天之后，又若无其事地上N家去了。

"其实有点不凑巧，还没还铃木的钱哩。一下子又上你这里玩来了。"

章三郎不让别人说他，抢先挠着头急急地作了这样的辩解。一般人感到羞耻的事情，他可以若无其事地笑着说出来，这样的厚颜无耻，连他自己都觉得讨厌。他觉得自己的心里确实具备罪犯的素质，在一定场合下，他有可能干得出任何坏事。

"我也知道大概会是那样的了。其他人无所谓，但铃木那种老实人，全都指望着这钱呢，你不还他的话挺可怜的。"

"噢噢，没问题，这次肯定两三天内还他。"

"还是你的'两三天之内'！再不还的话，我真要怂恿S揍你啦！"

章三郎满不在乎地辩解，N也满不在乎地训斥他。二人经常来一番这样的对答，后来又来往过好几次，但五元钱始终不能回到铃木手上。

转眼五月份流行起恶性伤寒，铃木不幸感染上了。他这人平时非常重视卫生，体格看上去很健康，不幸的是心脏较弱。

"热度很高，要是不影响到心脏就好。"铃木最终被送入医院时，心事重重地对来探视的朋友这样说。

"唉，铃木越来越不行啦。已经瘦成一根竹竿似的，几乎认不出来了。你也该去看一次人家吧？"

章三郎遇见Ｎ时，Ｎ这样说他。

"我是想去呀，可我又怕传染上，所以没有去。我这人心脏也不行。"

他也真的是心脏不好。即使不是这样，伤寒的流行已使他神经出了毛病，这段时间里，不知何时将会染病的强迫观念，像噩梦般折磨着他。

"我们也去得太多了，说不定感染上啦。看那状况，铃木实在不行了，快要死了吧。"

"这话可不该说。给你说中了的话挺不舒服的……"

章三郎莫名地激动起来，急急地否定了Ｎ的话。

"那位铃木前不久仍和我们一样好好的是个青年铃木，现在马上就要从这个世界上消失了。"

这么一想，平时毫无感觉地出口的一个"死"字，突然以千钧之重，阴惨惨地笼罩在心头上。Ｎ随口而出的"快要死了吧"，带着一种异样的回响，将"死"的黑影投射到章三郎的心上。

Ｎ再没有催促过那五元钱了。二人都记得这件事，也都不再提及了，但章三郎总觉得不是味儿，挺别扭的。

"因为你总是拖，不了结债务，铃木也就要死了，这一来你的不守信用也自然勾销了。你感觉良好是吧？"

他感到不怀好意的命运之神这样说道，嘲笑着自己似的。

"赖朋友的债么，总之会有个好的了结方法的嘛。"

章三郎照旧不当一回事，就好像是已经圆满解决了似的。尽管这解决方式对他过分好、对人家过分可怜，可与其铃木活着，章三郎债务难了，备受各方攻击，这样解决不知强多少了。铃木是可怜，与此同时，章三郎无论如何是幸运的。

他在八丁堀的二楼躺着，仰望初夏的天空，时不时会想到此刻在医院里垂死的病人。病房惨淡的光景，即使自己不去探视，从目击过的Ｎ的话中，也大致能够想象得出。生气勃勃的红脸膛、长满粉刺、看上去挺健康的铃木的容貌，干瘦得可怜，眼窝浅陷，安静地、默默地仰卧在病床上。苍白的额头和微微跳动的心脏上，放着沉重的冰袋，护士不停地往那烧得干渴的嘴唇边上滴下葡萄酒液。室内弥漫着怪异的药味，围绕着病人的至亲预感到步步逼近的不祥事件似的，眼望地板沉默无言，偶尔出入房间也蹑手蹑脚。会聚到此处来的所有探病的客人，病人的父母也好、兄弟朋友也好，此刻才不约而同地意识到病人是个了不起的人物。我们凡夫俗子轻易不能窥见的、灵魂和"死亡"的秘密，只因为此刻这位病人而开启了，病人一下子因此而被推上九天的高度，宛如将他尊为非凡的人格者，作为神与人之间中介的、不可思议的智者。这个庄严的、让人透不过气来的可怕情景，活生生地在章三郎的脑海里描绘出来。他还试着想象在高烧中挣扎、呻吟的病人脑海里的情形。在徘徊于生死之间的、朦胧的意识表面，如泡泡般随现随散的幻象碎片上，究竟会出现什么东西呢？病人此际仍不忘却被人赖债的恼恨么？"间室这可恶的家伙，他一直在欺骗我。我就是死了也要把钱要回来。"他会说诸如此类的谵语么？这么一想，章三郎不禁悚然。如果弄到病人说出这种谵语的地步，自己当初把钱还掉就好了。

只顾自己的章三郎记得古谚有云："人之将死，其言也善。"更何况宽宏大量、做人一向很君子的铃木，应当不会到临终之际还对章三郎的违诺怀恨在心吧。铃木一定会干脆彻底地原谅朋友的小小罪过吧。

"间室那家伙也很惨的。那的确是他的毛病，没有办法。"

他会带着怜悯的微笑说道，就此逝去的。总之，章三郎不得不为着病人，也为着自己，祈求病人达至圣人般磊落的心境，高风亮节地、美好地死去。

"虽然我怕去探病，但若铃木死了，请通知我，我要出席他的丧礼。"他早早就拜托了 N。

N 就是履行此诺言，给他发来了电报。

"终于死了，自己的一个朋友兼债权人终于死了。"

明知这样想是不近人情，但他无法抑制住自己的内心深处的私语。奇怪的是，他心里首先感觉到的，并不是对亡友的哀悼，而是睡不安稳的自己的幸运。

三

在本乡森川町某公寓 N 的房间里，聚集了四五名穿大学制服的朋友。他们今晨和从乡下进京来的死者家人一起，将昨日辞世的铃木的遗骸护送至日暮里的火葬场,刚刚顶着中午的烈日,忍饥挨饿回到这里来。个个都因连日的操劳,一躺下便不愿动,连马上吃饭的劲儿也没有了。

"哎哟,累坏了累坏了。这么热的天,我也快断气了……"

脱去制服上衣,用手帕盖着脸,仰卧着的工科的O,用带着睡意的声音说道。

"明天早上几点的火车?看情况我到车站为止就算了。我们这帮子人一起拥到乡下去,人家也不方便的,找个人做代表好不好?"

N光着两个肩膀,一边拭去流下的汗水一边说道。

"我打算送到乡下为止。"

曾经声称要揍章三郎的法科的S,热心地说道,口气颇为认真。

"……反正原先是打算去的,派代表固然也可以,但大家都去更好些吧?我觉得从东京即使多去一个人,铃木家一定更高兴一点。就这样吧。这样做更好。"

正说着这话时,两个月来没有在大家面前出现的章三郎带着一本正经的表情,很客气地走了进来。火气大的S随即面露不快之色,将视线移开。

"哎呀,对不起,好久没有……"

章三郎一边说,一边用同学间做起来有点过于郑重其事的举止躬身打招呼,一脸特别沮丧的样子。这一来,躺着的人懒洋洋欠起身,默默地点点头。他的一句"好久没有……"之中,不单为阔别致歉,还包含着为此期间的不当行为谢罪的意思。至少章三郎认为是包含了的。而大家虽然不大乐意,也都向自己致意还礼了,他希望解释为自己的罪过在暗地里被赦免掉了。

"昨天给你发了一份电报，收到了吧？"N 为了打破冷场说道。

"噢噢，谢谢。今天我是来你这里问问情况，葬礼定在何时？"

"因为葬礼在乡下办，正打算让 S 作代表去，其他人护送骨灰到火车站为止。时间是明天早上十时，此前到上野车站来就行。"

"且慢，我看情况也可能到乡下去。"

O 突然端坐起来，像想起了什么似的说道。

"你说要去乡下，是别有用心吧？今天早上在火葬场就拉着铃木的妹妹，猛说奉承话了。那种场合也来这一手，你也堪称交际大师了。"

被 N 这么说，O 也微笑着说："那妹子真是长得好。铃木生前也说过他的妹妹，却没想到是那么漂亮的女孩子。其实我是想看一下那女孩穿着白罗的带家徽的和服，在葬礼队列中哭得眼肿肿的样子。"

"喜欢成那样子，铃木活着的时候正经提出来，要她做你的老婆。凭你的条件，铃木的父母一定不会拒绝。"

"真是可惜呀。"O 带着几分真心地说道，多少有点遗憾的样子。

"现在开始为时未晚嘛。我们是她已故兄长的好友，对方家人也会信任我们的……这样的话我也到乡下去，要跟你竞争一番。"

"就这么干，就这么干！带着把铃木的妹妹抢到手的雄心，二人一起到乡下去。光是一个人当代表的话，在火车上太无聊了。"S 说着，开心地笑起来。

一谈到女人就特别来劲，并且不甘人后地大发宏论的章三郎，不知是否认为自己没有资格成为竞争者，欲言又止，还是默默地听着三人的话。不仅是人格低下，就家境而言，章三郎也不是可和铃木的妹妹这等人婚配的身份。若非形同乞丐的小巷出租屋的女孩，没有女人会愿意嫁到他那里去。这么一想，他颇羡慕三人富裕的身世。即使玩笑也罢，朋友们可耽于如此甜蜜之空想——将铃木家那样的乡下富豪的千金娶为妻子，建立一个快乐家庭，这地位令他妒忌。若让他生存在O、N、S他们那样有相当财产的家，可以自由自在地钻研学问的话，自己当不至变得如此品格低下吧。设若自己也是世代财主的儿子，恐怕就不会变成一个被朋友忌惮、轻蔑的人。自己相较于他们而言的缺点，原因尽可归结为金钱问题。只要有钱，无论学识之广博或头脑之敏锐，自己绝不下于他们。何况自己拥有他们难以企及的艺术天才。

"等着瞧吧。尽管我被你们这些小子排斥，也能干一番大事让你们瞧瞧。"

不知何时，章三郎变得愁眉苦脸的样子，N看他可怜，突然转过话头，安慰般说：

"说起妹妹，你妹妹好像病了很长时间吧？怎么样，有起色吗？"

"唉，还是不行。实在是没有指望了。没有多少时间了。"

因谈及妹妹而渐渐回复生气的章三郎，特地表露出担心的神情，乞求怜悯般的目光往三人脸上使劲，一边用沮丧的腔调说道。

"患了什么病？"O这才以和解的口吻问章三郎。

"肺病。"

答出这话的他，脸上跃动着如释重负的喜色。

"你这人的毛病就是爱关心人家的妹妹。"N从旁插了一句,开始冷嘲起来。

"……据说间室的妹妹不像她的兄长,是个美人儿哩。自古以来,患肺病的女人肯定是美人,不必看过也敢说。年方十六,地道的东京人,加上是个灵巧的姑娘,说不定比铃木的妹妹还要好。怎么样?发挥你擅长的交际术,到间室家去探一次病如何?"

"不论多么漂亮,肺病就对不起了。病愈之后再使用交际术吧。"

"妹妹要是病好了,我就让她去做艺伎,O会看得上吗?其实她真是个好女孩。夸奖妹妹的容貌是挺怪的,但她那脸型实在少见。"

章三郎不失时机诌出一番谬论来。此前他肯定没有想过瘦得皮包骨的妹妹如何"容貌少见""做艺伎"。他希望此刻能发表个举座皆感兴趣的见解,好让朋友尽早忘却对自己的反感。

"让铃木的妹妹当老婆,间室的妹妹当妾侍么?兄长终归是兄长,间室的妹妹成了艺伎的话,想必精明强干。哈哈哈!"

S说着,开怀大笑起来。他笑得太没有头脑了,尽管话里多少有点讽刺意味,以间室为首,N和O也都哄然笑将起来。

"到连声称要揍自己的S那个冒失鬼也向自己显露笑脸时,就没有问题了。靠着背后议论已死的铃木和将死的妹妹这两个死灵、生灵的帮忙,似乎正好让O也好S也好,忘记了对自己的怨愤。到了这一步就好啦。看来,人嘛,不会永远记恨另一个人的。"

章三郎因三个朋友不出所料被巧妙地笼络住而生出淡淡的喜悦。他更抓住这个时机,像宴席上的帮闲般大讲低级庸俗的笑话,令三个朋友捧腹不止。

"哈哈哈,好久不见,间室还是那样妙趣横生。"

S以顾客赞扬艺人的口吻不断发出感叹,章三郎一下子显出他的艺人根性,说道:

"我还没吃午饭,让我尝顿牛肉如何?其实呀,刚才就已经饿得咕咕叫了……"

他说着,小心翼翼地留意着N的眼神,说话时显得不可思议地胆怯。

"你看,又催吃饭了。反正我们也都未吃,你不吭声也有吃的嘛。不要弄得那样可怜兮兮的好不好?"

"说是有得吃,要是公寓的饭就谢谢啦。还是请顿牛肉吧。两三天没有吃肉,对牛肉想得很。顺便再来啤酒的话更好。"

"哈哈哈,赞成赞成。我也想喝啤酒了。哎,N,间室那么想喝,干脆来个半打吧。"

因为章三郎说法奇特,S也好O也好,不但没有生气,反倒忍不住笑起来。他们取笑着章三郎的同时,已经忘掉了对他的憎恶。"实际接触一下,间室这家伙心眼也不坏。那小子到底不是打心眼里坏的人,只是由于太漫不经心、懒散,失去了信用,所以从这一点看,他也是个可怜的人。对这种人,只要你自己一开始就别借钱给他,倒是可以开开心心交往下去的。"似乎他们对章三郎有了这样的看法。

从章三郎这方面来看,他也不指望和他们能有更深的交情。他这人并不以为交友这种事情有多大的价值。自己的性格任性而不道德,自知是非社交型的,他做梦也没有想过交一个终生意气相投的朋友。首先他就从来没有产生一种欲望，要对他人吐露真言、认真说说事情。说得更加贴切一点，他不觉得有必要和朋友真心交往。当然，在他内心深处，一定潜藏着某种认真的东西。待来日他的天才成熟时，这种东西可能会依赖于诗，或者小说、绘画之类的艺术形式发表出来，而绝不是可以随意动动嘴皮子让别人听到的。尽管他常常朦胧地意识到自己心底里熊熊燃烧着的艺术上的欲望，但和朋友一见面，就禁不住猛侃低俗无聊、恶作剧的笑话。一和他人接触，他头脑深处翻腾着的可贵东西顿时失去了灵光，只有极其表面的、轻薄的、吹牛的、污秽的方面在活动。到了这种时候，就连他自己也认准自己是劣等人士，连身为男子汉的自尊心和羞耻心也失去了。

"不仅是朋友，自己以外的所有人，对自己不可能产生多大的影响和感化。无论在何种地步，自己和他们之间都不过是持续一种表面的、敷衍了事的接触。自己既没有祈求过他们的幸福，也没有指望过因他们而伟大起来。被他们的社会敬畏、信赖，与自己的真正价值有几何关系？对自己艺术上的天分有几分裨益？"

章三郎对世上之人——朋友，不可能产生更深的情分。人与人之间构成的关系之中，对他唯一重要的是恋爱。因为这恋爱也是渴求某个美女的肉体，所以和穿美衣、吃美食一样，都同样不过是官能上的快乐而已，绝没有把对方的人格、精神作为爱的目标。即使他身上发生了沉溺于恋爱而去弃了生命的事，恐怕那也不是为了恋人，而是为了自己的欢娱而献身的吧。也就是说，他不但完全欠缺亲切、博爱、孝敬、友情这些道德上的情操，连感受到这些情操的他人的心理，也无法理解。

然而，他未必就是社会上所谓的"愤世嫉俗者"——"misanthropist"。他一边愚弄人，一边喜欢与他们一起喝酒、玩女人、谈笑。十天二十天没有和朋友见面，他就寂寞得无法忍受。在他的心中，向往闲寂的孤独生活的沉思型性格，和恋慕杯盏交错、花天酒地的帮闲根性，常常交错在一起。赖着朋友的钱债不能在社会上露头时，他就暂借八丁堀二楼韬光养晦，屏息以待，或作漂泊之旅。这种时候，他就将自己想象成伟大人物。过了一阵，当借款已过时效，不知不觉中负面影响回复沉寂时，他便急不可耐地去见N或O，坦然出现在他们的公寓，权当没有丢脸的传闻存在过，死乞白赖求人家请吃牛肉火锅，或者沾光去泡艺伎。曾经被友人呼为"活宝"，享有"逍遥派""警句大师"之类的盛名。他最高兴不过的，是人家把他当成酒宴上不可或缺的、杂耍似的宝贝。因此，他和朋友之间的关系，最终只是"酒肉朋友"的程度。偶尔有朋友将章三郎的人格估价过高，主动来寻求更深的交往时，章三郎反倒为难了。将他对朋友的要求作露骨而大胆的表白的话，就可以归结为"反正自己就是利己主义的、最不可信任的性格，觉得讨厌的人不必交往好了。但是，我为人懒散的另一方面，是口才极棒、逗人喜欢，觉得有趣的人不妨明知我不堪信任而交往"。

翌日上午十时，铃木的遗骸成了灰，被装入一个小小的、绝想不到人骨放得进的小瓶子里，由上野的火车站运回乡下。近五十名送行的学生聚集在此，站在车窗前的月台上。

"小子生前承蒙多方关照，非常感谢。今日又劳特地远送，实在过意不去。"

铃木的父亲用乡下人耿直的口吻向学生一一致意后离去。人称长得漂亮的故人之妹，也跟在父亲身后文静地俯首致意。

章三郎也和其他学生一样，接受了父女俩郑重其事的致谢。"小子生前承蒙多方关照……"听到这话时，他感到普普通通的仅以"请别客气"回复实在过意不去，便加上了"……哪里哪里，是我不对"，他不好意思地斜眼瞥了一下那个装骨灰的小瓶。

五十名学生当中，也杂着被章三郎一再拖欠钱债、街上遇着也要劈胸揪住算账的人物。但是，所有人都出于对逝者之灵的敬意，没有人来剥他的面皮。他突然感觉到像是青天白日之身一般。似乎故人直至死后，仍然施惠于章三郎。

四

一直淫雨霏霏的入梅时节，天空自傍晚起晴朗起来了，西斜的阳光照射进来，二楼房间里亮晃晃的。贪图着午睡的章三郎一如往常睡成个大字，浑身汗津津的，他突然听见楼梯传来吱呀吱呀的脚步声，便醒了过来。

"我也知道送医院毕竟是好，但没有钱也办不到呀。"

一边用沙哑的声音耳语般说话，一边进入章三郎房间的是父亲。其后母亲也悲痛欲绝、神志不清地呜呜哭着上来了。

"咦，老妈好像要说服老爸什么事情。"章三郎醒后仍未清醒过来，呆呆地想道。一有不能让病人听见的事情要商量时，父亲和母亲总是悄悄地上二楼来，低声地附耳交谈。

"所以你到日本桥去说一说，求求人家看怎么样也好吧？事关人命，如果不让她住院的话，人家要说做父母的太残忍了，没办法呀。"

母亲像个十七八岁的姑娘那样发出娇滴滴的鼻音,令人怜惜地咬着衣襟,用几乎难以听见的小声哭泣着。她的头脑因为要失去唯一的女儿的悲痛而混乱起来,变得先后不分。

"你又这样说!哪里有什么残忍的事?为了阿富我们能做的不也都做了么?"

父亲粗声粗气地说过之后,突然像一件讨厌的不祥事件就要出现在眼前一样,眼神阴郁起来,把声音又压低了几分。

"况且,若是有救的,借钱也得让她住院治疗,但是至今我们已用尽所有的法子了,结果都没有用呵。连医生也说,看她的病情,不知能否熬到梅雨期过去,所以尽管很可怜,并没有办法呀……无论怎样,也只好认了那是那孩子的阳寿了。"

得到温言相劝,母亲像个固执的孩子那样摇了摇头。

"正因为人家说她没救了,更要送她入院,让好医生给看,否则我不会死心。……河村的阿照快死时,也上日本桥去好好说了,不就送进了顺天堂医院么?因为没救了就撒手不管,天底下哪有这样、这样……不近人情的父母……"

"谁撒手不管了?没有撒手不管嘛。每天如是地请芳川先生来看,已经尽可能去做了啊。"

"芳川那种庸医懂什么呀?"

"别胡说八道!人家是很棒的医学士,是这附近很受信任的医生!没见过像你这种不明事理的人。"

父亲怒吼起来,但可能母亲更加伤心,马上又把口气放温和了,耐心说服起来。

"因为芳川先生从阿富小时就给她看病，可能比起看陌生的医生更加牢靠一点吧。他已经断言不论请什么博士看也救不了，是阿富的运气太不好了。如果我们的手头很宽裕，尽可以送入大学医院，请青山先生看等等，这样做是说，明知救不了，为了尽人事而花钱而已，这是我们穷人勉强地东挪西凑也学不来的事呀。"

此时，从楼下病房里传来阿富的喊声："妈妈，妈妈！"母亲无可奈何地停止了谈判，嘴里应着"来啦来啦，妈妈马上下来了"，一边慌慌张张地拭去眼睛周围的泪水。

"你看你看，我们一到二楼，阿富那丫头就觉察到了，赶快下去吧。别让她看见你一副哭哭啼啼的模样！"

"妈妈，妈妈呀！都上二楼去，人家好寂寞嘛。"

"来啦来啦，就来了。"

走下楼梯的母亲仍在抽动着鼻子。

"喂，章三郎，又睡懒觉了！还不快起来，还不快起来！"

跟在母亲后面要下楼梯的父亲一看见章三郎偷懒的样子，就无法不吭声地从他身边走过。

"可怜的爸爸。老婆逼迫他，儿子瞧不起他，女儿快死了。多么不幸的老头儿呵。"

一旁装睡想着这些问题的章三郎，一如往常，当他的屁股一挨踢，他的同情心随即消失无踪。躺着的儿子与踢着的父亲较了好一会儿劲，但当父亲热乎乎的脚掌不时地贴一下章三郎腿上的肉时，这种肌肤接触有种说不出来的不快，让他觉得要打哆嗦，做儿子的终于不得不抬起头来。

"说你不要睡午觉，你怎么还老样子？真是个不要脸的家伙。"

父亲一边用上气不接下气的声音责骂,一边定定地盯视着他,仅此仍心有不甘地说道:

"有时间午睡的话,到芳川先生那儿给阿富取药去!傍晚喝的药没有了,现在就去取。妹妹病卧在床,你却一点也帮不上忙。"

"自己还是父亲呢,对儿子的学费一文钱也帮不上……"章三郎在心里头仿着父亲的腔调,打岔似的说道。

父亲和母亲第二天仍上二楼来,为前一天同样的争论来一番哭泣、发火、斥责。母亲说,如果不能入院医治,得请个护士或女佣。"因为阿富好可怜,我就默默忍着了,但从厨房的活儿到照顾病人,都交给我一个人的话,实实在在是干不来。你老是说什么'穷所以没办法',真让人吃不消。"父亲抱着双臂,乖乖地听着这番气呼呼的、意料之中的口头语似的怨言,他无奈地叹一口气,权当没有听见。他似乎已经讨厌起不论到何时都和从前一样看问题的母亲的任性和奢侈。

"夫妻要是那样争吵,干脆早点离掉好了。有这样的老妈,加上一个这样的老爸,今后只会越来越穷。"

旁观这一切的章三郎产生了一种滑稽的、可怜的感觉。以他客观公平的眼光来看,未必都是父亲的无能导致了今天的窘困境地。如果换了他是父亲,想必很想对母亲发牢骚:"是因为你不好,才连我也成了穷光蛋。"凭他的忍耐,父亲这一方实际上可能比母亲聪明一点。

"厨房的活儿和照顾病人,都是我一个人在干。"母亲总说这句蠢话,其实她在耍赖偷懒,既无做一家主妇的资格,也没有这样的心理准备。从阿富身体还好时起,她就没有一次自己做早饭。与其说是不做，毋宁说是不知道怎么做。

"一家的主妇，不做饭也行么？"

被父亲这么一说，她一定满脸不服气的样子，噘着嘴拧过脸去，说道：

"都是我不好！我学做事学不来。因为我没有想到会穷到这个地步，连做饭的事也得干。"

不得已，父亲傍晚下班归来，便亲自下厨动手挽袖淘米。早上，在母亲和两个孩子仍在梦中时便起床，在灶前一边吹吹火竹筒，一边烧火。然后他将锅里的饭移到钵里，在酱汤要煮开了的时候，母亲才大模大样地钻出被窝。干完这些活儿之后，父亲急急地吃过早饭，往往连饭盒也得自己动手装，慌慌张张地赶往老板的店里。这间店是越前堀的运输社，他在那里当运输经理已有四五年。

就这样，父亲也好母亲也好，似乎就祈求着眼前这种平安无事日子，把挨苦可悲的一生过完了事。丈夫既无控制妻子的力量，妻子也无激励丈夫的决心，彼此都不寻求脱出现在境遇的途径。他们每天都抱怨自己不走运，但仍旧持续着丑陋的生命，既不打算发奋，也不打算自杀。

"所谓生活艰难，竟至如此可怕么？不愁吃地活下去，竟至如此困难么？自己现在到社会上去，也得像父母一样非挨苦不可么？"

目睹一家人的情形，章三郎担忧自己的将来。尽管母亲任性、父亲懦弱、处境可悲，自己生为父母的儿子，允分地继承了他们的弱点，这是他一向不能否认的。一方面相信"自己具有优秀才能"，却从不去锻炼这种才能，一有空闲便图个安逸，耽于睡午觉、侃大山、喝酒泡妞。他比母亲更懒惰、虚荣，比父亲还要懦弱无能、意志薄弱。

照此松弛下去，他必陷于和父母相同的、惨淡的命运。不仅是必然了，现在他就感觉到这命运一分一秒地逼近来。"我必须马上行动起来。要成大事的话，现在就非成不可。"

章三郎也有幡然醒悟、心急火燎的时候。他猛地振作起精神，泡在上野或大学的图书馆里，或在桌上铺开稿纸，握笔沉思两三日。然而，不幸的是，他的脑袋长久以来放荡惯了，变得像石头一样迟钝、慵懒。无论读书还是写作，他的心思没有一半能集中到一个地方。刚刚面对桌子想写点什么，不一会儿便神游起来了，心里头无休止地描绘出美人醇酒，种种病态得可怕的、荒唐无稽的寻欢作乐的场面。这和他醒着做梦是一回事。没有了睡和醒的区别，他无需服用鸦片或大麻，极怪异的妖女舞蹈、血迹斑斑的犯罪情节、不可思议的魔术师表演等等，一直在他眼前变幻出没。

他在心理机能松弛的同时，神经衰弱却有增无减。健忘、独语、暴躁、别扭，这些症状一天之中此起彼伏，烦扰着他。自铃木之死以来，在他脑子里扎下了根的强迫观念，随着时日流逝，益发厉害地压迫着他的神经。

"不知自己何时会死。不知自己何时暴卒。"

这样认为的章三郎有时便怕得坐立不安起来。出于对死亡的恐惧，他对一切急病都过分敏感。脑充血、脑溢血、心脏休克……诸如此类的病患仿佛马上就染上了，一瞬间几乎四肢都麻木了的感觉，一天里面要出现五六回。在街上走着突然胸口作痛，便一口气狂奔过五六个街口；或在电车上突然血往头上冲，便慌慌张张地跳下车；半夜里一把撩开被子，滚落楼梯般地冲下去，将水龙头的水泼到脸上；恐惧让他不得安宁，仿佛他不发疯就不罢休似的。他也曾体验过脸色苍白，抱头抚胸，整个晚上颤抖不已；直至看见了早上的太阳，才放下心来似的睡到近午的时候。

他不知道该向谁倾诉，该用什么方法才能驱逐这只凶猛的病魔毒手。至少他的病以现在泛滥的药物之力是无法指望治愈的。

"请医生救救我吧！我实在是害怕得不得了，我可能马上就会死去。"这样说着，发出绝望的呼喊，恐怕医生也无从着手吧。

"你究竟害怕什么嘛。你的身体哪里也没有出问题嘛。你没有问题，死不了的，尽管放心好了。"

医生恐怕也是束手无策，充其量只是口头安慰一下章三郎而已吧。

如果那医生是独具慧眼的——是不但能看透他肉体的疾病，连他潜藏在肉体深处的灵魂的疾病也能看破的慧眼，一定会浮现出冷冷的微笑，脸上带着一丝迷惑地宣布：

"哈哈，你病得很重，但医生无能为力。你从孩童时起就耽于太不自然的肉欲，过分虐待灵魂，为此现在就得到报应了。我很清楚你是个怎样的人。你天生精神上就有缺陷。你是被医生和上帝抛弃的人。很抱歉，以我的力量也救不了你的性命。"

然而，比谁都要明白自己的病因的章三郎，实在没有兴趣特地为了听取宣布而去求医。对于自己的病，他只是不断地重复着失望和懊恼而已。

"你受的苦是天罚。是任何逆天而行的人都必须接受的惩罚。像你这样的人傲慢自大地要逆天而行的话，最终只能变成狂人。你仍不打算改变你的生活么?"

他听见了良心的窃窃私语。于是他回答这个低语道:

"是谁将我生就一个非逆天而行不可的人?!对善不能真心,偏对精心的恶倾情,谁将我生成这种畸形的性格癖好?我不认为我的背德行为要受天谴!"

他无论如何也非得反抗这项不当的天谴。他不能够心甘情愿地领受上帝惩戒的鞭笞。他想找出办法,将海啸般袭来的死亡恐怖驱走,尽可能地生存下去。即使他的境遇可悲,但他所降生的这个世上,看来充满着恶魔教给的种种寻欢作乐的事情。他一定得活得长一些,好找到一次机会,将自己的肉体、自己的官能浸泡在那寻欢作乐的毒酒之海里。如同好饮者连杯底的一滴酒也不放过一样,此生哪怕多尝一滴美酒也好。

他对根本性地治愈自己的疾病已死了心,只是致力于暂时性地忘却那种可恶的痛苦。偶尔预感到要可怕地发作时,无论是在深夜还是白天,无论是在街上或在电车上,他就慌手慌脚地灌酒。多么可怕的刹那也好,只要当场醉了,神经很快就会镇静下来,四肢的颤抖即可止住。明知姑息的做法反而招致更重的病情,他只求安抚眼前,已无暇顾及将来。

只要有酒喝,就没什么可怕的。章三郎渐渐陷入这种迷信中了。为了支撑他的生命轻松度过每一天,酒比饭更加重要。尤其是每天晚上,临睡前不喝足一定量的酒,他就无论如何也不能入眠。有了钱,他会买小瓶装的威士忌,外出时怀揣着它。没有钱万般无奈时,只要是含酒精的东西,都可痛饮一番。他还试过瞒着父母,悄悄从火盆的抽屉偷走十仙的硬币,用来买烧酒。最后甚至到了深夜到厨房搜掠，抓起调味用的料酒瓶子一饮而尽的地步。

"料酒一下子就没有，我真是百思不得其解，大概是半夜里被章三郎喝掉了。对，一定是这样的。"

母亲有一次对父亲说道。

"咳，那酒是可以喝的么？如果是这小子喝的，那就真叫人没办法。问题不大，今天晚上得把它藏起来吧。这种东西也喝，身体马上就会搞坏。"父亲半信半疑地说道。

当天晚上，章三郎照常到厨房来搜掠，却找不到料酒。他醒悟过来，便从隔扇的缝隙往房间里偷窥，只见料酒瓶子就在父亲枕头边，和香烟盘并排立着。父亲和母亲躺在病人阿富的两侧，或打鼾或大张着嘴巴沉沉大睡。劳碌命的老爸也好、爱抹眼泪的老妈也好，从来就是倒下便能睡着的人，这倒是怪事。章三郎留神着早晚都像大理石卧像般仰睡的妹妹的动静，顺利地将枕边的酒壶拿到了手。然后隐身到厕所里，一边紧皱眉头忍受着令人不快的气味，一边咕噜咕噜地往肚子里灌酒。

那是五六天之后某个半夜三更的事。等家人熟睡后悄然走下楼梯来的章三郎，借着晦暗的灯光环顾室内，发现那个酒壶并没有放在父亲枕边。

"哼，又被发现了，把酒藏了起来。"

他嘟哝着，茫然地站在房间中央，俯视着三人的睡相。一如往常，父亲发出凄厉的鼾声，母亲张大嘴巴，安稳地睡眠，样子却像病倒路旁者般悲惨。章三郎觉得近两三年来已经没有好好端详过父母的脸，他看了他们好一会儿。从污迹斑斑、破残不堪的绸睡衣底下，露出两条干瘦、多毛的腿，脚指甲像枯萎的花瓣一样向着天花板，任性地睡着的父亲脸颊，凹陷得像几乎可看透眼窝和牙床。那模样与其说是个活着的男人的睡姿，毋宁说更接近一个饿死的人的尸骸。母亲可能是身体好吧，不大会有劳碌憔悴的痕迹，丰满白皙的肌肤袒露至胸，两手平伸，单膝屈起，呼呼大睡。章三郎有一种感觉，仿佛他们越是睡得香便越是可悲。终日劳心劳力已筋疲力竭、残败的余生只能托付夜间熟睡的老夫妻的安静的嘴唇和眼睑里，不再出现日间斥责章三郎时的震怒瞳仁和詈骂之辞。他们就这样子躺在章三郎脚下，仿佛在求得自己儿子的同情和救助。

"章三郎啊，请救救我们吧。你不是我的儿子么？偌大一个世界，除了你之外没有人会救我们。可怜可怜我们吧。请你将心比心，做个孝子吧。"

仿佛诉说着时世艰难的、断断续续的睡眠中的呼吸声，在他听来总觉得是这样的哀鸣。自己为何会刻薄、厌恶如此悲惨的人呢？为何对如此凄凉的父母持反感态度呢？……想到这里，章三郎心里很难过。

"世界上不会再有我这样的坏人了。我是真正的忘恩负义。是被上天和神抛弃的人。……爸爸、妈妈，请原谅我吧。"

他不由自主地双手合十。

"大哥，又来喝料酒么？"

原以为已睡着的病人阿富不知何时已经醒来，用水晶般澄澈的眸子定定地望着章三郎。

"已经藏好啦，所以你在那里找不到的。叫你不要喝了，大哥你怎么还那样啊……家里的厨房每晚还真的跑出个黑头大老鼠，谁还会乱放东西呀？"

病人用微弱的、乏力的声音挖苦道，听得出她喉咙深处带出的痰音。

好长一会儿，章三郎仿佛魔住了似的悚立着，几乎是毫无表情地瞪视着病人那透彻的瞳仁，这段时间以来忍耐着的憎恶之情此时终于爆发出来。

"死丫头，别不知天高地厚！"

尽管如此，他仍不太情愿地踌躇着，压低声音说道：

"你究竟怎么回事？站都不能站的一个病人，偏偏嘴上不饶人，什么都爱说。看你可怜不说你，反倒不识好歹没完没了。我没有必要听你的指示，乖乖地一边待着吧。反正像你这样的病人……"

章三郎这么说着，自己对往下即将出口的言辞之残酷也不禁愕然，便将后面的话弄得含糊不清起来。

"……与其操心别人的事情，不如尽量努力让别人别为你操心吧。这就已经足够了，笨蛋！"

病人没有再吭声。夜深的房间里闷热、寂静，她依然毫无表情的眸子永远那么冷若冰霜地盯着章三郎。

"大哥欲言又止的话的意思我也很清楚，我反正是快要死掉的人了。"

她的眸子里像是这么说着。

五

那阵子，masochist① 章三郎找到了一个能够倾听他任何要求的

---

① 受虐狂。

妓女。为了见这个女人，他运用所有手段来筹集放荡费用，不到三天就到访一次蛎壳町的暧昧宿。以授课费、买教科书之类名目从日本桥的亲戚处挖来的所有学费不在话下，连好不容易才恢复友谊的朋友伙伴，他也对他们重施故伎，到最后，甚至把借来的书也卖掉，以资他前往水天宫后巷的那个女人处。大喜大惧交替攫住他，他已堕落在神魂颠倒的 delirium① 之谷。

离家三天四天，总在深夜一两点才回到八丁堀的章三郎，拖着疲惫的四肢和因恶醉而像棉絮一样飘荡的躯体，砰砰地敲打窗户，叫醒正在睡觉的父母。

"怎么到这个时辰才回家呀？这样粗鲁地敲门，要吓着阿富的呀。……像你这样的人无父无子的，自己找地方待着去吧，最好别再回来！"

听到屋内父亲的怒吼，章三郎把门敲得更猛。结果在父亲生气地来开门之前，他砰砰地踢了好几分钟门板。

"你这坏小子！叫你自己找地方去怎么不去？为什么不去啊?!"

门一开，父亲即猛地向章三郎的胸前推搡一把，接着一个大拳头向他的太阳穴猛抡过来，这几下子几乎成了惯例。

"他爸、他爸！算了、算了，放过他吧，吵着左邻右舍呢。……章三郎！你站着不吭声是不行的呀。还不赶快说句话向父亲道歉！"

母亲将二人隔开，一边抽泣着一边叫喊道。

"畜生！还干站在那里干什么?!"

不停地乱揍儿子脑袋的父亲的脸上，有时会闪着泪花，声音也

---

① 谵妄。

颤抖着变调了。

尽管如此,章三郎也不打算认错道歉。直至母亲好不容易将暴怒的父亲硬拖到里间去为止,他一直很有耐性地挺着脖子僵持地站着。因连续数晚被凶猛的刺激弄得麻木的脑袋,此刻被眼花缭乱地哐哐地猛砸猛摇几下子,对他而言反而有一种痛彻的快感。

六月底连日霖雨后一个少有的晴朗的日子,四五天前起病情便恶化了的妹妹叫住了早上七时就要去上班的父亲:

"爸爸,我今天觉得寂寞得不得了,你就哪里也别去待在这里吧,求你了,爸爸。"

她用前所未有的凄凉腔调撒娇似的说道。曾经惹得章三郎生气怒骂般张狂的病人,此时已心衰力竭,回复到七八岁小童的无知状态。到了夜晚,她说是讨厌一个人睡,要父亲干瘦的手抱着睡。仿佛相信只要被父亲抱着,死亡的事便不至于发生了。

"他爸,阿富说了她好寂寞,你今天就请个假吧。"

母亲接着女儿的话,一边向父亲打暗示一边说道。

"好吧,爸爸今天就请假,整天都在家里待着。"

父亲慈祥地接受了这个意见,解开了刚扣上的前排纽扣。

前一天傍晚起赴蛎壳町之约住在那里的章三郎在响炮时分[①]醒来时,那个女人已经不在房间里。

"哎呀,说不定今天晚上妹妹会死。"

突然,这样的念头在他心中浮现。不可思议的是,这个念头竟长久地缠绕在他的心头,像群集而来的苍蝇般扩大开来。他心想,

---

① 指正午的号炮报时。东京丸之内设号炮炮台,放空炮作正午报时。

这种场合的心情,大概就是民间所谓"预感""心跳"吧。妹妹将在今夜里死去的事,仿佛已是一件预知的、不容置疑的事实。

他对妹妹的疾病一次也没有显示过作为兄长的关怀,这时的感应,恐怕就是有血缘关系才发生的"预感"吧,不知何故他心里难受起来。自己和她的骨肉之情是如此深刻,无论如何他都难以信服。

下午一时许,结账出门的章三郎感到非得把手上剩下的二元钱在当日花掉不可。

"喝酒,喝酒,只要一喝酒便能压住心里的折腾了。"他恍恍惚惚地走入人形町一家啤酒馆。威士忌、正宗①一杯接一杯往肚子里灌,烫烂舌头般的热西餐咽下了三盘子,然后心满意足地出门而去。午后的阳光像个醉酒的妓女喘气一样,火辣辣地喷在他的脖颈上。他感到一阵危险的晕眩,几乎摔倒,不过如愿以偿的是,他不再心惊肉跳了。

"对,现在去浅草!到浅草看完电影再回家,这才有意思……"他大声地自言自语起来。

当晚,章三郎回到八丁堀的家门时,已是九时左右。一拉开格子门,就传来母亲呜咽的声音。

"是章三郎吗?快过来、快过来呀!"

在狭小的六叠房间里,挤满了以父母为首的一些男人女人,是日本桥的亲戚。他们一边忍受着令人汗水淋漓的闷热,一边围在病

---

① 日本清酒的牌子。

人的床前。

"阿富、阿富,你大哥回来了呀。"

快要出嫁、结着高岛田发式的阿叶姑娘,对病人附耳说道。

"可真是不可思议哩,总是晚归的章三郎,偏偏今夜早早就回来了……"

母亲一边说,一边眼睛通红地抹着泪。

病人看来都听见这些话了。不过也许是嘴唇已僵硬,一句话也说不了。她只是像一头聪明的狗一样,睁着眼定定地注视着章三郎的脸。

"阿富、阿富,你为什么要那样盯着我?前些时候我训斥过你,不过是一时生气而已。请不要那样瞪着我,好歹原谅我吧。我不是你的大哥么?我今天也感觉得到心惊肉跳的呀……"

为兄的心里说着,熟柿子般的酒气和沉重的叹息一起发出来。

"哎,他爸,请芳川先生再给注射一针吧。"母亲说道。

"这个……要做也是可以的,不过,反正都一样的了。章三郎也回来了,大家都齐了,也就没有遗憾了。硬要给她来个什么事儿,反而把她弄得更可怜。"

说这话的父亲嘴角显出痉挛般的笑意。

无所作为、屏息以待的难受时刻在无言中过去了约一个小时。突然,病人的嘴唇像鼻涕虫蠢动似的缓慢地蠕动起来。

"妈妈……我想拉屎,就这样拉也可以吗?"

"噢噢,可以可以,就这样拉吧。"

母亲爽快地接受了自己孩子最后的任性。

这一会儿,病人回复了清醒的意识,对身边的人断断续续地说起话来：

"唉唉，我真是好无聊，十五六岁就要死掉……可我也不觉得痛苦。原来死亡这么轻松的……"

一屋子人像聆听哲人教诲般洗耳恭听。这番话才是此刻就要脱离肉身而去的灵魂的临别的声音。话一说完，病人便渐渐断气了。

"怎么回事哩？病人快死时常常要哭的，这孩子却一点也没有。戏里头做的也是哭的……"

父亲带着疑问守望女儿临终的情形，并说道。已死去的身体仍微微颤动。肩部的肌肉僵直，唇间垂下花白菜般褪了色的舌头。

母亲骤然间不顾体面地号啕大哭起来，但在父亲的严责之下，她把衣襟塞在嘴里咬着，伏倒在尸体旁边。

两个月之后，章三郎在文坛上发表了一篇短篇创作。他所写的东西，与当时社会上流行的自然主义小说倾向迥异。那就是将他头脑里发酵的怪异的噩梦为材料的、甜美芳香的艺术。

槛褛之光

一

在此我打算写以下的故事，暂取"褴褛之光"为题。很显然字眼并不太好，但我除此之外想不到更合适的。著名的波德莱尔的诗作中，曾用"褴褛之光"讴歌女乞丐之美。也就是说，我打算表现那首诗所暗示的美。

读者诸君之中，若有人居住在浅草公园附近，大体会明白了。在去年晚春至初夏之际，每天晚上，都有一个年轻而有身孕的女乞丐徘徊在观音堂后面的喷水池一带，几成该处的标志物。那女子年约十六七光景，一眼望去，但见她尘土满面，脸色黝黑，塌鼻厚唇，黑亮黑亮的前额右边，有很多细小的疙瘩，总让人联想到梅毒、麻风之类的疾病。污迹斑斑的蓝色茧绸空心夹袄像是老人的破旧衣裳，覆盖着她怀孕约六个月大的肚子。

"那可怜的女子，究竟是被何人所玩弄，播下其因果的种子呢？"

路过的人对这样一个女子的惨景，无不发出这样的感叹，对她留下印象。不过，若更细心、更长时间地留意的话，会发现，怀孕在身并非她的唯一标志。可以发现，她的肢体和容貌的某个地方，潜藏着一种难以言喻的美。

那也不是普通的平民区小姑娘所带有的美，或艺伎夸张的美，当然更不是豪宅区小姐的美、异国情调之类的美。若勉强以我们所持概念来形容那种美的话，只能说，那是——恶魔式的美。也就是说，在她的肉体身上，在乞丐这一种人共通的丑恶之下，妙龄女子共通的艳冶的娇态，以其丰润的光泽放射出光彩。丑恶要压迫艳美的效果，艳美要阻挠丑恶，这种相克相成的样子流溢在她全身。而且丑恶和艳美这两股不停地争斗的力，不久便相互混合、混浊起来，最终全部发酵，放射出一种不可名状的色彩和香气。

我第一次遇上她，是在五月底的一个夜，将近十一时。看完电影走过公园，从仁王门正要走入仲店的路时，门前石阶处聚集了很多人，黑压压的如一座山。

"有个怀孕的女乞丐哩。"

因为耳边传入这样的低语声，我随意地透过人丛往里面探视一下。

她被人群挤得动也动不得，正在接受警察的讯问。

"你今年几岁？"

"……十七岁。"

我只听见这么两句，后面的话就完全听不见了。看样子警察是如常地盘问什么"你晚上睡在哪里""从何时起来公园的"之类，她则一直低着头，用结结巴巴、胆怯的声调小声回答着。

警察的一只手高高地举着一盏提灯，从头到脸、从脸到胸地一一照射她的模样,看清楚她的容貌。围绕在她身边的夜色,在提灯的光线照射下逐次亮起来,映出当中的她的朦胧的轮廓,这个情景,令当时的我联想到镰仓长谷寺的僧人点起蜡烛让我看本尊观世音的情景。她的眸子非常大,且令人觉得很湿润。尽管她的脸肤色黑,从身上破衣洞鲜明地暴露出来的胳膊颇为健硕,呈现出鲜嫩的桃红色。

"你怀的是谁的孩子?你的男人究竟是谁?"

当警察发出这样的问题时,看热闹的人群中响起了窃笑声。可能是针对这样的笑声,也可能是针对警察这种毫无顾忌的问法,那女子眼中流露的与其说是羞愧之色,毋宁说是愤怒的神色。看样子她完全不想回答那个问题,双唇闭得紧紧的,眼睛光是盯着地面。

接下来那次我和她的相遇,是六月初一个天晴得要命、热得出奇的下午。我穿过公园内樱树浓荫的路段,到观音堂侧面的广场方向去,她正好坐在路边的长凳上,用两只手贪婪地吃着用笋皮包着的残羹剩饭。

她如果不是怀着孩子,我可能不相信这个乞丐就是曾在仁王门旁边见过的女人。那天的她,就是带着那般异样的美映入我的眼帘,她的脸依旧黝黑,衣服仍是破破烂烂的。不仅如此,那天晚上没有留意到的额上的疙疙瘩瘩,胖得走样、个子矮小的身量,像大象皮肤般粗糙的手脚——这种种缺点,在这个时候我才知道,但这么些丑陋,反而强化了她全身弥漫着的妖艳味道似的。例如,在那长出一片肿物的额上,浓密漆黑的一头妤发很自然地扎起来,轻柔、怜恤地泻落到眉毛周围。尽管低矮的鼻子两侧那鼓胀的脸颊黑黑的有点儿脏,但遮掩不了污垢下那粉红色的、生气勃勃的肌肤,如同印度的印花布一样呈现优雅的、令人留恋的色彩。由那件衣服破洞可怜地裸露出来的胳膊，被初夏鲜明的阳光照个正着，健硕的肌肤像清漆般亮晶晶。

她的肉感与破破烂烂、如海底藻草般下垂的青绿色衣服布相对照时，呈现出更加不可思议的妖艳。令人不由得感到，在六月温热闷得腐败不堪的物体中，里面仍然有未曾腐烂的、旺盛且活泼新鲜的力。那种情景恰如化身为非人的龙神，从寒碜的衣服的隙间，把灿烂夺目的鳞光偶尔外泄一下。

她自己当然没有夸耀自己的美丽的意思。她根本没有想到自己的身体具备那样的美。在我的视线之下，她没有任何不好意思地将残羹剩饭捏成团送到嘴里，或用舌头舔着笋皮吃，像野兽一样。她把混杂在饭中的鱼和菜叶用手——挑拣出来吃，但那手法并不像在吃东西，而是找虱子似的。我不得不惊讶于自己不但不计较她身体的不洁，反而觉得她不时张口的时候，里面那一口整齐细腻、雪白的牙齿实在是很漂亮。

在那次之后，我还在观音堂附近见过她两三次。她的腹部日见增大。公园里的餐厅服务员对她将生下怎样的孩子、在何处生产等等议论纷纷。有人说，她既是个淫乱的少女，迄今与多个男人发生关系，所以腹中孩子究竟是谁的种，连她自己也不知道。还有人说，因为不久前有个在合羽桥一带徘徊的独身男乞丐玩弄了无知少女，所以她是那独眼家伙的罪孽报应。然而到了六月中旬，不知何故她的身影就从公园完全消失了。当时对此有两种不同的说法，一说她被那独眼家伙始乱终弃，最终自杀，一说她已被送往养育院，一般都是相信后者的。于是，人们便把有关她的事忘掉了。

突然从公园消失了踪影的她到哪里去了？还活着吗？对这些问题我也无从知晓。只是我因某种因由知道了谁是她腹中胎儿的父亲。我认为除了胎儿的父亲和女乞丐之外，仅我一人知道这件事。

这是不知其名的女乞丐的秘密。我并不因知道了这个秘密而洋洋自得。然而，在她的秘密里面，包含着特别打动我的有趣的事件。之所以这样说，是因为令她怀孕的男人是我的朋友，一个叫A的青年画家，平时我就对这位青年的天才甚表敬意。这位青年朋友亲口将他和女乞丐的关系详情告诉了我。

二

前面我曾将青年A称为画家。还说他是个天才。然而，我之所以承认他的天才，却不是根据他的绘画。的确，他曾就读于美术学校，学过一些油画技巧。因此不妨称他为画家，但恐怕视之为画家的人一个也不会有。他已中途退学，因为退学前也总是逃课，连和他同期的同学也甚少人注意到他的存在。他又有两三次在文展、二科会之外的另类的团体的展览会展示过习作，仅此而已。虽有几次要搞人的创作，但一件也没有完成，所以也没有获得社会的承认。我之所以将他目为天才，是凭我和他直接交谈时，他的整个人格所发出的非凡的光彩来下判断的。

这样说好像我和他已交往很久，但实际上，彼此密切起来只是近两三年来的事情。某年冬天，我的一位熟人、文学士某某要去法国留学，在帝国饭店举行送别会，A也出席了这次聚会，缩在饭桌的一角里。当晚的出席者除A一个人之外，全都是比我早毕业的、已被尊称为大家的美术家和作家。夹在中间闲得无聊的A的样子立即引起了我的注意。

"那位么？他叫Ａ，是美术学校的学生。别看他年轻，他是个极有才气、艺术天分非凡的人。他很快就会变成了不起的人的。我给你们介绍一下，不过这人别扭古怪难对付，和对方对脾气会滔滔不绝，不对脾气则傲慢无礼，你就这样跟他打交道吧。"

文学士朋友这样说着，将他介绍给我。

据文学士说，青年Ａ是冈山县一位有钱有势的地主的次子，过着与其学生身份不相适合的奢侈生活。而文学士之所以尊敬这名青年，不仅因为敬服他的天才，而且因为Ａ的努力，文学士此次西行的费用，一部分由Ａ的父亲支付。作为年仅二十二岁的年轻人得以被邀出席这次聚会，就是因为有这样的因缘。

当晚的Ａ身着笔挺的绫罗晚礼服，结一条白缎绿花的领带，脚蹬漆皮鞋，一身极潇洒、高品位的服饰。像西方人般高鼻圆脸的模样儿，很有富家公子的娴雅气派，但他的阴郁又给人几分过于老成之感。晚餐结束，一行人由餐厅转到吸烟室之后，他一边烤着火炉，一边有点儿羞涩地和我断断续续交谈了五六分钟。我不由自主地喜欢上这个年轻人，便叫他今后经常过来玩玩，还说了些作为我有点不顾自己身份的好话。到了散会时，我和Ａ并排走出大门口，此时我注意到，他比我高约两三寸，个子相当大。

之后过了三四个月，是翌年春天的事了，一天晚上，我去欣赏吉原的夜樱，见一名学生蹲在河内楼的格子门前，用铅笔一心一意地对正在门口揽客的盛妆妓女进行写生。头上的茶色呢子礼帽扣到眉毛上，身穿很旧的碎白点花纹布衫配细竖纹的芝麻布裙裤，脏兮兮的光脚丫套在萨摩木屐里面。为了不被街上来往的人所察觉，他的两只手缩到怀里，速写本几乎要贴着胸口，一有机会匆匆忙忙地挥笔疾写。偶尔有行人特地在他身后停下时，他便将本子塞在怀里，从衣袖里掏出"金蝙蝠"香烟开始抽起来。我想知道在那里揽客的四五名妓女之中，成为学生的模特儿的是哪一个。那些妓女毫无疑问都属一般以下的货色，够得上称为"漂亮"的，一个也没有。不过，从右数起第三人，有个像但丁·加尔里埃尔·罗塞蒂所绘的脸色苍白、颊骨突出的二十五六岁的妓女，瑟缩地穿着友禅绸①礼服坐在那里的情景突然引起了我的注意。那女子的容貌多半是坐在那里的妓女中最丑、最难看的了吧。她的面孔丝毫不具备诱发男人欲望的任何东西，没有一点妩媚之处，一副干巴巴的、忧郁的表情，干瘦而长得可怜的脖子、红红的打卷儿的头发，那模样几像是肺病患者似的，但惹人注目的，是她凝视前方的、视线总垂着的大眼睛和鲜红得像在燃烧的小巧的嘴唇。那眸子像是进口的玻璃珠子，冰凉澄澈，没有热烈欢快的色彩，取而代之的是从事此种贱业的女子身上难以想见的崇高和天使般的辉映。她的嘴唇光滑温润，如同婴儿可爱的小嘴，由天真烂漫的、稚气的曲线所构成。不妨说，这女子的面孔整体的丑，就是为了突出这唇和眸子的特质。眉毛、额头、脸颊、鼻子等，这些部分变得如同虚空般的单薄，是要留住两件永远美丽的东西。那不是整张脸的美，而是眼睛作为眼睛、嘴唇作为嘴唇的、圆满微妙的模样儿。在这里我便用了"永远"这个词，但在形容这两件东西上面，再没有比之更合适的文字了。尽管那眸子注视着格子门前的地面，但那不是看待今世万物的

---

① 染上花草山水、人物鸟兽花纹的绸子。

眼睛，它适合的是仰望苍穹、憧憬"永恒"之光。那唇虽可谓之婉丽，但那不是贪图男子热烈的情欲的唇，而是蔑视人间忧苦和懊恼、带着"永恒"的沉默的静穆。我相信那学生正在描画的女子一定是这名妓女，在好奇心的驱使下，我悄然挨近学生的身边。

他听出我的脚步声时，似乎正好完成了写生，急忙地将本子塞进怀里，一边站起身一边向我回过头来。

"哎呀！"

我比他更快地发出惊讶的喊声。这是一张在哪里相见过的脸孔，但我一时想不起来了。想不起来也不奇怪。这个脏兮兮的穷书生青年画家，就是曾在帝国饭店被介绍认识的那位贵公子A。

"你刚才画的，就是第三名女子吧？"我立即这样问道。

"是的，就是她。那张脸呈现的不是肉体之美，而是灵魂之美。大约十天前我在此散步时，见过那张脸，实在喜欢得不行，但我一点也不想进入那里面去花钱买她。我觉得那样做的话，反而使那女子的美被玷污了。于是便这样每晚从格子门外眺望，将那不可思议的高贵的面孔画了一张又一张素描写生。"

A和我一起步向五十轩方向时，向我叙说了这样的事情。他的神态比从前相见时自如豪放得多，话里透出生气。

我们二人进了日本堤上一间叫什么的酒吧，一边喝啤酒，一边又聊了两三个小时。A酒量极小，两三杯下肚，已经满脸通红，开始豪情勃发。

我打开他的本子，看了里面所画的那名妓女的素描。五六张写生稿有大有小，有横置有竖置，但每一张都令人称奇般地直截了当地把握了她的容貌特征，以敏捷而潦草的笔快速简练地画了下来。

我觉得自己从未见过如此活生生、如此深刻的写生画。

"连我自己也相信那画极棒。画这种画我确有非凡的技巧。不妨自吹自擂一下：我用这一支铅笔，在两三分钟里草草勾勒的画作里面，和那些号称大家的人花上一两个月完成的大作，可以暗示同样的东西。遗憾的是我只能画速写写生。我缺乏完成大作的气度和技法。简言之，我不过是个拥有非凡素质的瘸腿艺术家而已。"

他颇激昂地向我说着。据他说，自古以来，所有伟大的艺术家都是天才和能力兼备的。正因为他们是天才，所以有能力从自然里面直接观察永劫不灭的美，并以精妙的技巧将直接的观察化为复杂的形式表现出来。而为数甚多的二流艺术家，则有能力而无天才，也就是说，他们的作品中所表现的东西，纯粹是技巧。然而不幸的是，自己拥有天才，却不拥有能力。自己的灵魂，自己的直观，和天才艺术家遨游于同一境地，为相同的欣悦所打动，然而自己却不拥有将其加以表现的技巧。

"未必就注定你不能掌握技巧吧。天才是某些特别的人的天赋素质，平庸者无法在后天获得，但能力方面，可通过熟能生巧多少掌握的。只要有耐性练习，以后也可以学得技巧的吧。"

当我这样去安慰他时，他的口吻听来有点自嘲的味道。

"对呀，你说得对。不过对我来说，更为缺乏的就是那颇为关键的耐性。我早就知道，我之所以没有能力，就是由于没有耐性。非但如此，我迄今就没有心思认认真真地、一点一滴地学习，即便没有天才却拥有能力的家伙混日子并不困难。而我却生在混日子并不困难之家。于是我由于相信自己的天才，对没有能力一事丝毫不觉得耻辱。为此我懒得可怕，到醒悟之时，已成了懒散之人，无法回头，没有矫正的希望了。"

他谈了去年冬天以来，不到半年之间所发生的自己的境遇的变迁。和我初次见面的前后，他对上学感到无聊厌烦，每天都在玩乐中度过。依靠家里寄来的丰厚资金，看戏狎妓玩女明星，极尽奢侈。或带上身边的朋友和女人驱车出游箱根，或为新桥的某某名妓赎身，或租住筑地外国人居留区的大洋楼，这般胡作非为之中，向各方借下了大笔的钱债，不巧让家里知道了。父亲非常生气，甚至说要断绝父子关系，母亲好不容易才劝解了，让赎了身的艺伎和他在下谷根岸边租所小房子同居。以今后绝不可逃学为条件，每月寄送三十元左右的学费和生活费。

"如果忠实履行这个条件，我也不会像现在这样潦倒，但我的懒散已病入膏肓，没有法子了。而且，我从一开始就不怎么看上那艺伎的。我不过是一时兴起大撒金钱，为那女人赎了身而已。所以变成同居的关系后，没有多久我就对女人厌烦了。所谓妻子，可能对于商人或政治家是必需的，但对于艺术家却毫无用处。即便女人多么灵巧，女人的智慧所及的范围，限于地面的现象。对于要从事艺术那样的、离开了地面的高贵的事业的男人的心思，女人始终是理解不了的。"他说道。

女方可能因家里汇款的严格限制和对他太过懒惰绝望了，在一起生活约两个月后，从根岸的家里出走，又到芳町去做起艺伎来。A对于女人跑了根本不以为意，但他的生活因此而变得更加放荡不羁，最终被校方勒令退学。

父亲特地从冈山县赶来，对校方多方做了工作，好不容易才弄到不必退学了，但因为 A 依然无心向学，照样不去上课、不交学费，到了今年二月，他受到了第二次退学处分。于是，来自家里的汇款也断绝了。

"像你这样的人没有必要留在东京。如果钱方面有困难就直接回家好了。"

父亲寄来的信上这样写道，但A不想返回家乡。于是，他把长期奢侈度日的遗物——昂贵的衣服、随身用品、家当一点点出售，继续过着最适合他秉性的放浪生活。

听了这话，我终于可以理解这位年轻人今非昔比的寒酸样子。以前就肤色偏黑、高雅之中带有阴郁影子的面孔，现在显得更为浓重了，两颊到处长出大粒的粉刺。不知是因为太懒还是太穷，看样子他不常洗澡，衣领上有一层油垢，胡子巴叉的。

"那么，这阵子你住在哪里？"

对我的这个问题，他没有个明确的回答。恐怕是随意租住一下小木屋吧。

"过些时候我一定去拜访你。"在雷门分手时，他说道。

三

仅就以上所述事实，A可能不算一个多么值得尊敬的人物。然而，我对A的敬服，在于他贫穷之后的事。自从在吉原一见，后来他就不时来找我，和我成为密切的朋友。他极喜欢我的为人，只推许我一人。还说除我之外，其他人不足与谈。

"天才和天才促膝而谈的喜悦，不仅仅是两个人的喜悦，是整个宇宙的喜悦。宇宙正是为此喜悦而存在的。如果天才之间互不相识，世界便一如暗夜，地球就要停止转动。"

他经常说些这样的话。进我的家门时,他总有点气急败坏的样子,但谈开之后,他兴之所至,出自犀利的观察和敏锐的直觉的诮语警句冲口而出,目光炯炯,唇如火烧,天马行空般的辩才持续数小时之久。

"我来问你的时候,你好一阵子都是些有气无力的回话,不容易配合上我的兴致。所以在我的话有灵感出现之前,只好费点时间了。"

他这样责备我,急急地指东说西,自得其乐。好像聊天成了他的唯一生命。

侃大山中的他的确是伟大的。我在倾听他的饶舌时,不得不私下认可他自信是天才的抱负。尊贵的东西、愚不可及的东西、可悲的东西、美好的东西,所有的这些感情,都具备了出色的艺术色彩,遍布他的谈话之中。我常常被其光辉所迷惑,只会呆呆地仰视他的嘴巴。

他尽管贫窘,却丝毫没有贫乏之人的口吻,仍不失一种富家公子的任性气质。尽管置身一日三餐也要伤脑筋的窘境,他仍时时站在古董店里,把玩珍稀的古器物、陶瓷之类,乐而忘返。

"你比我资历长。但我若对你以年长者的礼数,我的真正价值便发挥不出来了。"

他把我作对等的朋友看待,这话成了他的口头语。

我当然没有对他的态度感觉到不愉快、不满足。他越是没有顾忌,我反倒对他增加尊敬之情。和他在一起纵谈无忌、相互调侃之时,我才真正地感觉到灵魂和灵魂的接触。我觉得,仅此一事便足以证明他的天才。

我为了谈论 A 这位青年的为人，费了太多的笔墨。但是，为了了解这个年轻人和女乞丐的关系，极有必要先把这个人物介绍一番。我的兴趣与其说在他和她的关系上，毋宁说更多的是有关使他结成这段关系的 A 的性格和过程。

自小惯享奢侈生活的 A，把贫乏作为一种新的体验，甚至有点儿偏好，依然继续他放纵不羁的、安逸的漂泊。他的懒惰更甚了，如果需要举手之劳去获得一顿饭，他就宁愿忍饥挨饿睡大觉。住温暖的家，穿漂亮的衣服，他想都不想。在他心头燃烧着的，只有对于艺术的无限憧憬。

A 邂逅那女乞丐，就是在他堕入此种境地、宿无家、夜夜徘徊于浅草公园或吉原一带的时候，时间在前年的年底，正好在十二月十七日。羽毛毽木拍集市的晚上，A 挤在地摊的人堆里来到观音堂前，她正好站在台阶上向参拜的人乞讨。

路旁摊档的煤油提灯亮晃晃地照射着她的身影。A 一见她的面孔，便不禁停下了脚步，细细端详起来。据说不知何故，在那天晚上的 A 眼里，她那冷冷的眸子、长满脓包的额头、丰艳的肉感，比起两旁排列的羽毛毽木拍贴花，缎子为黑发、纺绸为肌肤、绉绸做衣裳的偶人，光彩夺目多了，显得更加抢眼。

"我是想给你点钱的，可不巧没有带来。"

A 对她说道。A 完全是一文不名，只有手上的五六个烤白薯。

"这里只有六个烤白薯。因为我也饿了，我们一人分三个吃掉它吧。"

女乞丐似乎难以判断对方是戏弄自己，抑或是与自己同一阶级的乞丐，但她总算伸出双手接下了 A 的馈赠。她似乎也觉得饿了，立即当场剥起皮来。

因为第二晚也是集市，A又到浅草去闲逛。那女子的身影没有出现在昨晚的地方。A于是走遍公园找她，终于在喷水池前面找到了蹲着的她。

"今天晚上我有七个钱，一起去吃五香菜串吧。"

他招呼那女子来到花圃旁的摊档。二人都只打算吃上一两个菜串的，但见了锅里腾腾冒起的香气，饿着肚子的二人实在忍不住了。油豆腐呀、鬼芋呀、烧豆腐之类的熬得几乎从竹签上掉下来的东西，他们忘情地往嘴巴里连塞了五六串。一算账，是十五个钱。

"其实我只有这点钱，因为实在太饿了，不觉一下子吃过头了，实在要请你多多原谅。"

A说着丢下七个钱，那摊档的主人看来也极通情达理，什么也没有说便让他们走了。

从那天晚上起，A便和她一起睡观音堂的地板。一大早，A还在睡梦中，那女子便从某处讨来了剩饭，和A一起亲亲热热地吃掉。A情不自禁地感到这个女乞丐比曾做自己妻子的新桥艺伎要美丽得多、亲切得多。

她除了挑明自己的年龄，说是今年十六岁之外，过去的情况、家乡之类一概避而不谈。

"你说不出我的来历，而你的身份我大概能知道。你绝不是会成为乞丐的人。你一定是来参拜这观音的人中极少有的、了不起的人物。"

她说道。似乎说不上有什么特殊的理由，她便盲目地相信了A。

"我可能是你所说的了不起的人，但我在这人世上绝不会比乞丐过得更好。我的了不起之处是人们居住的世界所不明白的。只有天国的神知道我的了不起。"

"那很可能只有观音菩萨知道你的了不起吧。"

那女子这样说道。此时，A不知为何竟不可思议地泪流满面。

"只有观音菩萨和你知道我了不起。这比世人认可我不知要令我欢喜多少了。我睡在这样的缘分之下，对我来说是莫大的幸福……"

A以愚钝的女乞丐为对象，说教般地谈起他的那些见解——人世间的无聊，充满着虚伪，其中只有艺术拥有永恒的生命，自己因为知道那艺术之门里面的东西，所以很了不起。她根本不怀疑那些话的价值……

A告诉我这件事时，正是他和她住在观音堂地板的时候。他们在那里同居了近半年的时间。到去年夏初，那女子的身影从公园里消失了的前后起，A便再没有到我家来。二人是从那时起各走各的，抑或相伴踏上流浪的路，之后的事我就不得而知了。

不过，她所怀的是A的血脉，这是A自己说的，我的确听他说过。

谷崎潤一郎
刺青

图书在版编目（CIP）数据

刺青／（日）谷崎润一郎著；林青华译. —上海：上海译文出版社，2022.9
（谷崎润一郎作品系列）
ISBN 978 - 7 - 5327 - 8940 - 5

Ⅰ. ①刺… Ⅱ. ①谷… ②林… Ⅲ. ①短篇小说-小说集-日本-现代 Ⅳ. ①I313.45

中国版本图书馆 CIP 数据核字（2022）第 133574 号

刺青	［日］谷崎润一郎 著	出版统筹　赵武平
刺青	林青华　译	责任编辑　缪伶超
		装帧设计　尚燕平

上海译文出版社有限公司出版、发行
网址：www. yiwen. com. cn
201101　上海市闵行区号景路 159 弄 B 座
上海宝山译文印刷厂有限公司印刷

开本 890×1240　1/32　印张 7　插页 2　字数 106,000
2022 年 10 月第 1 版　2022 年 10 月第 1 次印刷

ISBN 978 - 7 - 5327 - 8940 - 5/I・5542
定价：46.00 元

本书中文简体字专有出版权归本社独家所有，非经本社同意不得转载、摘编或复制
如有质量问题，请与承印厂质量科联系。T：021 - 56433744